GILBERT K. CHESTERTON (1874–1936)

GILBERT K.
CHESTERTON

DIE WILDNIS DES HÄUSLICHEN LEBENS

Mit einer Einleitung von Norbert Miller
Ausgewählt, aus dem Englischen und mit einer
Nachbemerkung von Joachim Kalka

BERENBERG

INHALT

VOM KÖNIG HERODES, VON DEN PHANTASIEN DER KINDER UND VON G. K. C.

Eine Einleitung von Norbert Miller

Über eine aus Brettern zusammengenagelte Gartentür beugt sich ein älterer Mann vor und brüllt ein kleines Mädchen an, das fröhlich vor ihm tanzt und seine Beinchen hochwirft. Er hat die Arme so heftig aufgestützt, daß sein linker Ellenbogen steil in die Luft ragt. Über seinem gestreiften Kleid trägt er eine Art Umhang mit eingestickten Verzierungen und um den Hals einen schweren Orden am Band. Kaum je hat man einen so langen, so schwarzen Bart gesehen, der wie Gestrüpp die weit aufgerissene Höhle des Mundes umwuchert. Über der gekrümmten Nase rollen furchteinflößend die Augen unter finsteren Brauen. Der Rest des Kopfes verschwindet in einer Art phrygischer Mütze, die mit dem übrigen Aufputz für das fremdländische Aussehen des zornigen Gartenbesitzers verantwortlich ist. Auf den zweiten Blick stutzt man über die gute, ganz unbefangene Laune des kleinen Mädchens, das dem Wüterich zuwinkt und ihm eine lose gewordene Locke und einen vorgestreckten Fuß vor die Nase hält. Dann aber merkt man, daß der Alte nicht aus Zorn, sondern aus Angst brüllt, daß ihm die Augen vor ängstlichem Staunen aus dem Kopf fallen und daß er sich nur mühsam aufrecht hält. Gilbert Keith Chesterton hat unter die ganz flüchtig behandelte, mit kritzelnden Strichen eingerahmte Bleistiftzeichnung die Auflösung der Geschichte notiert: »Verzweiflung des Herodes, als er herausfindet, daß sich die Opfer vom bethlehemitischen Kindermord wieder erholen.« Der Herrscher über Judäa, als größenwahnsinniger Tyrann und Mörder mit der Heilsgeschichte verknüpft, ähnelt auf diesem Blatt den burlesken Zügen des bösen Königs im Kasperltheater. Halb sieht er aus wie Valoroso XXIV. aus W. M. Thakkerays Märchen von der Rose und dem Ring, halb wie ein ins Assyrische umkostümierter Fagin in George Cruikshanks Illustrationen zum »Oliver Twist«. Die Karikatur hatte in England seit den Tagen von James Gillray und bis ans Ende des Viktorianischen Zeitalters eine heimliche Affinität zu den grausigen, menschenfresserischen Zügen von Punch und Judy. Niemand wundert sich da, wenn einer der notorischen Bösewichte der Historie wie ein ergrimmter, kinderfeindlicher Nachbar über den Gartenzaun droht.

Aus der Bibelstunde heraus ins Auge gefaßt, steht der Palast des Herodes gleich neben dem Stall, in dem die Heiligen Drei Könige dem Kind huldigen. Da muß auch das Abschlachten der unschuldigen Kinder in einem Bethlehem geschehen sein, das der König Herodes von seinem Zimmer im ersten Stock aus überblicken konnte. Das kleine Geviert der Puppenbühne, wo die immer gleichen Figuren, eingeteilt nach den Bösen und nach den Guten, vor einem buntfarbigen Hintergrund agieren, war der Schauplatz, an dem sich die von außen angeregten Kinderphantasien am dichtesten mit Anschauung sättigten. Wie aus einem dieser Spiele für Kinder wirkt denn in Chestertons Zeichnung auch das Zusammentreffen von winzigem Tanzwunder und entsetztem Grobian am Gartentor, das offenbar den Palast und den Schauplatz des Mordes von einander trennt. Eine eng zusammengerückte Bühne für das Heilsgeschehen, das der wieder zum kleinen Buben gewordene Zeichner in seinen grausigsten Zügen ändern, ja aufheben will! Ist nicht in dem Land des geheimnisvollen Mr. Skelt, dem Erfinder und Herren des *Juvenile Drama*, jeder zähnefletschende Unhold zum Scheitern aller seiner Anschläge verdammt? Gehört es nicht zur Magie des Wunderbaren, daß auch der Tod das gute Ende nur hinausschiebt? Daß es den Tod der unschuldigen Kinder gar nicht geben kann? Daß nichts natürlicher ist, als wenn das erste fürwitzige Opfer seine Ärmchen und Beinlein schwingt, vergnügt und ein wenig frech lachend, weil es sicher auf seiner Seite des Zauns geborgen ist, während Herodes den Umschwung aller Dinge und sein drohendes Ende wahrnimmt?

Nach allgemeiner Überzeugung träumen die Kinder von fremden Ländern und Menschen, von Horizonten hinter Horizonten.

Die Sehnsucht geht über eine ungekannte Seidenstraße in ein fernes Reich des Wunderbaren, aus dem später die unwillkürlichen Augenblicke des Erinnerns dem prosaischen Leben einen Hauch der Verklärung geben. *Weltweisheit* sei das eine Wort gewesen, das andere *Morgenland*, so versichert uns Jean Paul in seiner »Selberlebensbeschreibung«, die ihm beide als Kind den Weg in lange lange Freudengärten gewiesen hätten. Nicht nur die Kindheitszeugnisse der Romantiker, auch die der Aufklärung belegen diese nächtlichen Wanderungen der Phantasie, und manche zum Künstler gestimmten, nie ganz erwachsenen Kinder weigerten sich ein Leben lang, diese Fluchtwelten aufzugeben, und kehrten in Tagträumen zu ihren halb erinnerten, halb erdachten Königreichen zurück. Nach Xanadu, nach Orplid, nach Angria und Gondal. Noch im Alter weigerte sich Chesterton – ein Fesselungskünstler hohen Ranges, der sich nach Belieben selbst, wie einen Geist in die Flasche, in die Kinderzeit zurückbannen konnte –, an den Hang aller Imagination nach dem Infiniten und Zeitlosen zu glauben. Schon weil es die Imagination mit dem *Image*, die Einbildungskraft mit dem *Bild* zu tun hat, und weil jedes Bild einen festen Umriß, damit aber auch eine klar bestimmte Begrenzung haben muß. Kinder überlassen sich, daran glaubt er fest, nie dem Flug über eine gestaltlose Ferne nach nie zu erreichenden Horizonten. Auch wenn es sich fremde, wie Zauberformeln klingende Namen vorspricht, Samarkand, Astrachan, Kandahar, Guzarate, Kaschmir, denkt es, hinter der märchenhaften Verkleidung, an ummauerte Städte und Wüsten, an Bäume und Berge, die in die Idylle aus Haus, Hof und Garten eingepaßt sind. Das Kind liebt Grenzen, Mauern, Zäune, Spielregeln, wie willkürlich sie immer erfunden oder von ihm festgelegt sind. Kein Kindermädchen hat seinen kleinen Schutzbefohlenen je beigebracht, es sei moralische Pflicht, beim Laufen über Pflastersteine jeden zweiten auszusparen. Mit Absicht beraubt das Kind die Wirklichkeit um jeden zweiten Pflasterstein, nur weil es sich selber diese Herausforderung zur Aussparung gestellt hatte. Noch mit sechzig verfiel Chesterton, eigenem Eingeständnis nach, nicht selten in diesen alten Kinderbrauch, um seine Vermessung der Welt als Prinzip aufrechtzuhalten. Nach freier Entscheidung so die Hälfte der empirischen Wirklichkeit auszuschließen, durch Teilung und Unterteilung immer neue Grenzen um sich aufzustellen, die man dann in der Einbildungskraft von beiden Seiten betrachten kann, das gab seinem privaten Utopia erst den Zauber einer neu entdeckten Insel, dem beschränkten Kreis der Gewöhnlichkeit die unberührte Frische eines höheren Morgens.

An Robinson Crusoe bestaunte Chesterton nicht die Kette der Abenteuer, die den Schiffsjungen an eine unbewohnte Küste führte, sondern das Erschließen und Einfrieden des kleinen Reichs. Inmitten der vom Schiff geborgenen Werkzeuge und seiner neu verfertigten Gerätschaften, zwischen Hund, Papagei und den anderen Gefährten seiner Einsamkeit kann sich für den kindlichen Robinson der unendliche Horizont aus Fernweh, Hoffnung und Angst entfalten, der den Begegnungen mit wilden Tieren, Eingeborenen und Seeräubern erst die Macht über die Phantasie gibt. Das hat nichts mit Rousseaus erzieherischem Pathos zu tun, nichts mit Höhlenkindern im heimlichen Grund, nichts mit puritanischer Unterwerfung unter die strenge Führung durch die göttliche Vorsehung. Chesterton nimmt wohl Robinsons schwer erkämpftes Gottvertrauen ernst und auch seinen geduldigen Nachvollzug der ersten Schritte in der Menschheitsentwicklung. Faszinierend für das Kind Chesterton war jedoch vor allem die gemeinsam mit dem Gestrandeten bewältigte Entdeckung und Eroberung der Insel. Faszinierend waren die verstörenden Anzeichen feindlicher Anwesenheit im befriedeten, abgesteckten Terrain. Der einzelne Fußabdruck am Strand kann Entsetzen nur auslösen, weil er in der sorgfältig gesicherten Einsamkeit nicht vorkommen darf. Chesterton braucht seine Markierungen, Teilungen und Unterteilungen. Nur so kann er den ganz dem Phantastischen, dem Grotesken, dem Unheimlichen zuneigenden Kreis seiner wie im Puppenspiel buntgefärbten Länder ganz ausschreiten und dabei die für das Kind geltenden, aus ihm hervorgehenden

Spielregeln befolgen: Peter Pans Nimmerland braucht die Wohnung in Kensington Gardens, Stevensons Schatzinsel die einsame Herberge »Zum Admiral Benbow«. Lange ehe der von Chesterton so sehr geliebte Romandichter seinen Helden Jim Hawkins, Squire Trelawney, Dr. Livesey und Long John Silver nach der Pirateninsel aufbrechen ließ, hatte er für sich einen bis in die unscheinbarsten Einzelheiten genauen Plan von Kapitän Blackbeards Versteck gezeichnet. Stevenson erkennt selbst in den vor seinen Figuren auftauchenden Umrissen die in langen Tagträumen ersonnene Landschaft wieder. Und das erst gibt den Abenteuern die räumliche Verläßlichkeit, in der jedes Kind sich zurecht- und wiederfinden kann.

Die Aufteilung der Pflastersteine in fremde und eigene, das sorgfältige Vermeiden der trennenden Kanten und der abwägend kritische Blick auf die verschmähte andere Hälfte der Welt haben Chestertons Erzählungen und Aufsätze gleichermaßen beherrscht. Der unsicher vom Mond erhellte Garten, in dem Aristide Valentin, Herr über die Pariser Polizei, das einzige Verbrechen seines makellos kalten Lebens begeht, ist hinter hohen Mauern verborgen wie ein Gefängnis. Das arrangierte Paradies, in dem Major Brown beim Blick über den Zaun, zierlich in Stiefmütterchen ausgepflanzt, den Blumengruß »Tod dem Major Brown!« zu lesen bekommt, lebt von den Kontrasten aus freudiger Vorerwartung und Choc vor der Drohung, aus Hortikultur und Bosheit. Wer die magische Grenze überspringt, gerät ins fremde Abenteuer. In dem späten Buch über die vier Verbrecher ohne Fehl und Tadel umgibt der Exzentriker Walter Windrush das Gespenst eines frei auf der Heide stehenden, durch eine nahe Quelle bis in die Wurzeln phantastisch ausgehöhlten Baums mit einer Mauer. Die zieht er je höher, je schneller die Stadt wie ein heranbrausendes Meer das Refugium des Baums zu verschlingen droht. Die Vögel singen in den uralten Zweigen, der helle Morgen leuchtet wie vom Anbeginn der Tage über Mord und Wahnsinn, die den neuen Garten Eden mit der Urschuld des Menschen bedrohen. Abgelegene Sackgassen in der großen Stadt, unzugängliche Studierzimmer, von reißenden Flüssen geschützte Inseln, modrige Burggräben um Herrenhäuser – für Chestertons Poeten, Geheimagenten, Einbrecher und Detektive wird das Eingrenzen des Schauplatzes zur Vorbedingung ihrer alles zur Wahrheit läuternden Wahrnehmung: »Die Praxisräume von Dr. Orion Hood lagen entlang der Uferpromenade von Scarborough. Eine Reihe sehr großer und lichtdurchfluteter französischer Fenster ließ die Nordsee wie eine endlose äußere Mauer aus blaugrünem Marmor erscheinen. In einem solchen Raum gewinnt die See etwas von der Monotonie einer halbhohen, blaugrün angestrichenen Wandverkleidung.« Außen und Innen werden vertauschbar. Der Horizont setzt als Mauer die Vertäfelung des für Detektive unverzichtbar geschlossenen Raums in die Landschaft hinaus fort. Und wenn Father Brown und sein Freund Flambeau die aus der Nacht auftauchende Silhouette des Insel-Refugiums von Prinz Saradine als zauberhaft empfinden, als eine Fata Morgana der Kinderzeit, dann verwandelt das eine der großgewordenen Kinder die Szene ins Feenmärchen, das andere erschauert vor den dunklen Seiten eben dieser Feenwelt.

Das Prinzip von Teilung und Unterteilung der Welt, jene willkürliche Systematik im Überspringen der zweiten Steinplatte führte Chesterton von früh an auf eine von Oppositionen bestimmte Wahrnehmung der Realität. Beschreibt er einen vor den englischen Damen posierenden Dichter der italienischen Avantgarde – die Adlernase nach Dante, Haartracht, Halstuch und weiter Umhang ganz venezianisches Melodram, Degen und Guitarre nach Art des Don Juan –, dann versäumt er es nicht, ihm einen Jugendfreund gegenüberzustellen, der sich in seinem Habit ganz den englischen Touristen angenähert hat, ein Mann in Tweed, nach dem Muster von *'Arry at Margate* zugleich grell und ordinär. Und selbstverständlich versichert der eine, er trage nicht die Klamotten eines Engländers, sondern die Kleidung eines Italieners der *Zukunft*, während der neue Don Juan seine Vorliebe für den Italiener der *Vergangenheit* proklamiert. Der aufstrebende Landschaftsmaler aus London und die lokale Berühmtheit stehen vor der gleichen, in die düsteren Farbwerte eines späten Sonnenuntergangs aufgelösten Küstenlinie und starren mit ungleichen Augen auf das einzige, halb in Ruinen liegende Gebäude, das gespenstische Haus der Darnaways. Der amerikanische Finanzmagnat steht neben dem Menschheitsbeglücker, der fanatische Atheist neben dem abergläubischen Heuchler, der außer allen tausend Sekten auch noch die katholische Kirche unterstützen will. Der unscheinbare, mit der Tücke des Objekts kämpfende Armenpriester hat einen konvertierten Dieb als Freund zur Seite, der in seiner ausladenden Körperlichkeit wie in seiner weltumspannenden Herzlichkeit dem Namen *Flambeau* alle Ehre macht. Auch wo ihrer drei ein Kollegium bilden oder in größeren Geselligkeiten sich finden, treten sie in Chestertons Charakterisierungskunst zu Vergleichspaaren zusammen. Die heimlichen Trennungslinien ordnen den Figuren soziale Rollen, ein ins Fabelhafte ausschweifendes Ambiente, einen philosophischen Grundzug hinter ihrer Konversation und, das auch, ein unbestimmtes Gefühl zu, in allem Widerspruch ein Geschöpf Gottes zu sein. In der phantastischen Welt der Romane und Essays, der theologischen und literarischen Erkundungen, der Tagesartikel und Capricen, in denen Chesterton das stille Gesetz der kleinen, verachteten Dinge und der hinter Gewöhnlichkeit kaschierten Wahrheiten verteidigt, ist der hin- und herhuschende, vergleichende Blick über den Zaun die einzige Gewähr, die Attitüde und den Rollentausch, das Spiegelkabinett der Illusionen und die Kostümierungen des Bösen für den Augenblick aufzulösen. Für den Augenblick – denn nur da, nur im Übergang, nur in der Verwandlung werden die sonst festgefügten Zustände und Konventionen durchlässig.

Chesterton beschreibt nicht mehr den Wechsel von der einen in die andere Wirklichkeit wie die Romantiker. Das Verfahren des genaueren Blicks und des raschen Perspektivenwechsels ist jedoch bei ihm das gleiche geblieben. Der kurzwüchsige Büroangestellte, der jeden Morgen mit seinen zwei langwüchsigen Kollegen in die

 Stadt läuft, hat eine Vision, nur weil er eine Sekunde zu spät zum Treffpunkt gekommen ist. Da laufen zwei schwarze Drachen auf dem gleichen Weg rückwärts vor ihm her und sehen ihn, nur ihn, aus bösen Augen an. Sie gehen rückwärts und können doch die Augen immer auf ihn gerichtet halten. Der Alltag öffnet sich für die düsteren Erinnerungen aus der Kinderzeit. Und es verschlägt wenig, daß der junge Mann eigentlich nur die je zwei Knöpfe auf der Rückseite der beiden vor ihm laufenden Gehröcke wahrnimmt. Die Dämonie ist nicht mehr aufzuheben. Und Chestertons Erfindungskunst ist unerschöpflich im Aufspüren und Umbilden solcher eng aneinandergerückten und da kurz aufblitzenden Widersprüche. Jede Redensart, jeder landläufige Vergleich und jeder Seitenblick der Sprache kann für ihn zum Schlüssel werden, um hinter die Spiegel zu treten. Er läßt einen seiner Chronisten als Kind den Namen *Pond* hören, und schon verbindet sich die Figur dieses väterlichen Freundes mit dem *pond*, dem Fischteich im Garten. Wie der Wasserspiegel ruhig unter dem Tageslicht liegt und Erde und Himmel in sich aufnimmt, hält Mr. Pond für gewöhnlich seine ruhige, vernünftige Konversation aufrecht. Wenn aber der Zorn in ihm auflodert, springen die Ungeheuer in seinem Unterbewußten für einen Augenblick wie die Fische beim Gewitter empor und verändern die Welt. Mr. Pond selbst scheint von diesem Vergleich zu wissen; denn in Chestertons Buch über ihn pflegt er seinen milden, rationalen Bemerkungen zum Lauf der Welt, gänzlich unvorhersehbar, andere, ungeheuerliche und wahrhaft monströse Bemerkungen entgegenzustellen. »The Paradoxes of Mr. Pond« nannte Chesterton das 1936 erschienene Buch. Das Paradox – in dieser Interpretation als Ausdruck einer doppelwertigen Wirklichkeit – ist seine eigentliche Anschauungs- und Kunstform. An Dialektik ist ihm nichts gelegen. Der Widerspruch führt auf keinem Zickzack-Kurs zur Wahrheit. Die Wahrheit ist zwischen den nebeneinander gelegten Facetten der äußeren und inneren Wirklichkeit leicht zu erkennen, wofern man nur mit geschärften Sinnen die Indizien zu deuten weiß. Chestertons

Glauben ist, auch seiner eigenen Überzeugung nach, ein Kinderglauben, der sich vor den Gewohnheiten und vor den Narrheiten der Erwachsenen zu schützen weiß. *Essays* nannte er die Hundert und Aberhundert Glossen, Artikel und Notizen, wenn er sie aus den Zeitschriften herauslöste und in seine Bücher steckte. Sie folgen in der Leichtigkeit, ja Beiläufigkeit von Anlaß und Tonfall dem unsterblichen Vorbild von Charles Lambs »Essays of Elia«. Neu ist bei Chesterton die unerwartete Wendung, die sich auch beim Schreiben eher zufällig zu ergeben scheint. Da ist in einem Nebenmotiv oder in einem stilistischen Einfall ein Indiz versteckt, das plötzlich die Beleuchtung ändert. In dieser Verwandlung aus dem Augenblick steckt ein erzählerisches Element. Durch diesen Impuls werden die Essays zu einer eigenen Gattung des Epischen. In Chestertons Frühzeit darf man getrost die Geschichten und Romane als Sonderform seiner essayistischen Erzählkunst verstehen.

Munter und ein wenig frech tanzt das Mädchen vor dem finsteren Gesellen hinter dem Gartenzaun. Das Entsetzen des Herodes, der da den Plan zur Sicherung seiner Herrschaft vereitelt sieht, müßte auch den Weltenschöpfer in seiner *scientia media*, seinem nicht handelnden Vorherwissen aller Dinge, anstecken; denn solche philantropischen Korrekturen des Heilsgeschehens müßten das Erlösungswerk selbst, die Passion, in Frage stellen. Dem militanten Verfechter der Orthodoxie war das Blasphemische seines Spiels mit der Karikatur nicht verborgen. Die Abgrenzung seiner Kinderutopie gegen ein banales, von tausend Selbstverständlichkeiten verzerrtes Draußen machte ihn nicht blind für die Nachtseiten im Menschen und in der Schöpfung. Kaum ein Autor seiner Generation hat grausigere, widerwärtigere Geschichten erwogen als er. Der Katalog alles dessen, was Chesterton sich in der Unendlichkeit seiner Bilderphantasie ausgedacht und was er in Gedanken zu Ende geführt hat, müßte jeden der für ihre Grausamkeit berühmten Autoren seiner Zeit beschämen. Es ist keine harmlose Welt, die da in immer kleinere Segmente zerschnitten wird. Chesterton hat seine Zeichnung dem *Babies' Convalescent Home* in Beaconsfield als aufmunterndes Geschenk übermacht. Was für ein unheimlicher Einfall, einem Kinderheim die Wiedererweckung der unschuldigen Opfer des bethlehemitischen Kindermords als ideale Aufgabe vorzuschlagen!

***

VERTEIDIGUNG DER DETEKTIVGESCHICHTE

Versucht man, auf den wahren psychologischen Grund für die Beliebtheit von Detektivgeschichten zu kommen, muß man zunächst mit einer Reihe von Vorurteilen aufräumen. So stimmt es beispielsweise nicht, daß der Großteil der Bevölkerung schlechte Literatur der guten vorzieht und Detektivgeschichten deshalb mag, weil sie schlecht geschrieben sind. Die bloße Tatsache, daß einem Buch die künstlerische Subtilität fehlt, macht noch nicht beliebt. Kursbücher enthalten nur wenige Perlen feinen Humors, und doch liest man sie nicht in fröhlichem Kreise an Winterabenden vor. Wenn Detektivgeschichten mit mehr Begeisterung gelesen werden als Fahrpläne, dann sicher deshalb, weil sie kunstvoller sind. Viele gute Bücher waren glücklicherweise allgemein beliebt; viele schlechte Bücher – mit noch mehr Betonung möchte man sagen: glücklicherweise – unpopulär. Eine gute Detektivgeschichte wäre wohl noch populärer als eine schlechte. Das Problem liegt hier darin, daß es vielen Leuten nicht klar ist, daß es so etwas wie eine gute Detektivgeschichte überhaupt gibt; für sie ist dies, wie wenn man von einem guten Teufel redete. Eine Geschichte über einen Raub zu schreiben gilt ihnen soviel, wie geistig diesen Raub zu begehen. Für Personen von etwas schwächlicher Empfindungskraft liegt diese Auffassung recht nahe; man muß auch zugeben, daß viele Detektivgeschichten so voll von spektakulären Verbrechen sind wie ein Stück von Shakespeare.

Es gibt jedoch zwischen einer guten Detektivgeschichte und einer schlechten einen ebensogroßen – oder besser, noch größeren – Unterschied wie zwischen einem guten Epos und einem schlechten. Nicht nur ist die Detektivgeschichte eine vollkommen legitime Kunstform, sie besitzt auch bestimmte, klar zutage liegende und genau zu bestimmende Vorteile als Einfluß auf das Gemeinwesen.

Der erste wesentliche Wert der Detektivgeschichte liegt darin, daß sie die früheste und bis jetzt einzige Form volkstümlicher Literatur ist, in welcher sich ein gewisser Sinn für den poetischen Gehalt des modernen Lebens ausdrückt. Die Menschen haben lange Zeitalter hindurch zwischen mächtigen Gebirgen und ewigen Wäldern gewohnt, bevor ihnen aufging, daß diese Landschaften poetisch waren; es scheint ein vernünftiger Schluß, daß manche unserer Nachfahren die Schornsteine in ebensolchem Purpurrot aufragen sehen werden wie die Bergesgipfel und die Laternenpfähle als so alt und natürlich anschauen wie die Bäume. Dieser Erkenntnis der Großstadt selbst als eines Wilden und Archaisch-Natürlichen hat gewiß die Detektivgeschichte ihre Ilias geschrieben. Es kann niemand entgangen sein, daß in diesen Geschichten der Held oder der Detektiv bei seinen Nachforschungen London in einer Stimmung durchquert, die der Einsamkeit und Freiheit eines Prinzen in einem Zauberwald entsprechen, daß auf dieser unberechenbaren Fahrt der beiläufig bestiegene Omnibus in den grellen alten Farben eines Feenschiffs leuchtet. Die Lichter der großen Stadt beginnen zu glühen wie die Augen unzähliger schatzhortender Kobolde, denn sie sind die Wächter eines Geheimnisses – sei es auch noch so grobschlächtig zurechtgezimmert –, das der Autor kennt und der Leser nicht. Jede Biegung der Straße weist wie ein Finger darauf; jede phantastische Silhouette aus Dächern und Kaminen scheint mit wilden Hohngesten den Sinn des Rätsels zu signalisieren.

Die Poesie Londons erfaßt zu haben, ist nichts Geringes. Eine Stadt ist, streng genommen, poetischer als selbst eine Landschaft, denn während die Natur ein Chaos unbewußter Kräfte ist, ist die Stadt ein Chaos von bewußten. Die Blüte der Pflanze, das Muster der Flechten an einem Baum mögen bedeutsame Symbole sein oder auch nicht – doch es gibt keinen Pflasterstein auf der Straße, keinen Ziegel in der Mauer des Hauses, der nicht ein absichtlich geschaffenes Symbol wäre, die Botschaft eines Menschen ebenso wie ein Telegramm oder eine Postkarte. Die schmalste Straße noch enthält in jeder Krümmung, jedem Winkel die Absicht und die Seele des Erbauers, der vielleicht schon längst begraben liegt. Auf jedem Backstein ist eine menschliche Hieroglyphe erkennbar, als wäre er ein mit Schriftzeichen übersäter Backstein aus dem alten Babylon; jeder Schieferziegel auf dem Dach ist ein so lehrreiches Dokument wie eine Schiefertafel, auf der ein Kind Addieren und Subtrahieren geübt hat. Was immer – selbst in der phantastischen Form der von Sherlock Holmes entdeckten winzigen Spuren – diese Detailromantik einer Zivilisation bekräftigt, was diesen unergründlich menschlichen Charakter von Stein und Dachziegel hervorhebt, ist gut und wichtig. Es ist gut, daß der gewöhnliche Mann auf der Straße sich angewöhnt, die Gesichter von zehn Leuten auf der Straße aufmerksam und voll Phantasie zu mustern, sei es auch nur deshalb, weil der elfte ein langgesuchter Dieb sein könnte. Wir mögen davon träumen, daß es vielleicht möglich wäre, eine andere, höhere Romantik Londons zu entwickeln, daß die Seelen der Menschen seltsamere Abenteuer durchlaufen als ihre Körper und daß es schwieriger und erregender sein könnte, ihren Tugenden als ihren Verbrechen nachzujagen. Doch da unsere großen Autoren (mit der ehrenvollen Ausnahme von Stevenson) es ablehnen, über den erregenden Augenblick, die erregende Stimmung zu schreiben, wenn die Augen der großen Stadt wie die Augen einer Katze im Dunkel zu flammen beginnen, müssen wir uns bei der populären Literatur gebührend bedanken, weil sie es inmitten des Geplappers der Pedanten und Schönschreiber ablehnt, die Gegenwart als prosaisch zu betrachten oder das Alltägliche als gewöhnlich. Die volkstümliche Kunst war zu allen Zeiten an den zeitgenössischen Sitten und Moden interessiert – sie kleidete die Gruppen um die Kreuzigung in die Gewänder florentinischer Adliger oder flämischer Städter. Im letzten Jahrhundert gaben bedeutende Schauspieler stets den Macbeth in gepuderter Perücke und Spitzenjabot. Wie weit wir selbst in unserer Zeit entfernt sind von einer solchen Überzeugung, daß unser eigenes Leben dichterische Kraft besitzt, läßt sich leicht vorstellen, wenn man an ein Historiengemälde denkt, das König Alfred in modernen Knickerbockern zeigte, oder eine Inszenierung des Hamlet, wo der Prinz in einem Trauerfrack mit umflortem Zylinder auftritt. Doch die Neigung unseres Zeitalters, zurückzuschauen – wie Lots Weib –, konnte nicht ewig dauern. Eine rohe, volkstümliche Literatur über die romantischen Möglichkeiten der modernen Stadt mußte erstehen. Sie ist in den verbreiteten Detektivgeschichten entstanden, die so rauh und erfrischend sind wie die Balladen von Robin Hood.

Doch tun die Detektivgeschichten noch ein anderes gutes Werk. Während der Alte Adam ständig dazu neigt, sich gegen etwas so Allgemeines und Automatisches wie die moderne Zivilisation aufzulehnen und Abweichung und Rebellion zu predigen, erhält uns der Roman der Polizeiarbeit in gewissem Sinne das Gefühl dafür, daß die Zivilisation selbst die dramatischste Abweichung, die romantischste aller Rebellionen ist. Indem sich diese Literatur mit den schlaflosen Schildwachen auf den Vorposten der Gesellschaft befaßt, erinnert sie uns daran, daß wir in einem bewaffneten Lager leben und gegen eine chaotische Welt Krieg führen müssen, daß die Verbrecher, die Kinder des Chaos, Verräter in unseren eigenen Reihen sind. Wenn der Detektiv in einer solchen romantischen Polizeigeschichte allein und ein wenig lachhaft in seiner Furchtlosigkeit vor den Messern und Fäusten einer Diebeshöhle steht, dann sollte uns das gewiß daran erinnern, daß der Vertreter gesellschaftlicher Gerechtigkeit die originelle und poetische Gestalt abgibt, während die Einbrecher und Straßenräuber bloß selbstzufriedene Konservative sind, glücklich, der uralten Biederheit einer Affen- und Wolfswelt anzugehören. Die Romantik der Polizei ist so der Roman der Menschheit. Dahinter steht die Tatsache, daß Moral die dunkelste, verwegenste Verschwörung ist. Wir werden daran erinnert, daß die ganze lautlose und unbemerkte Polizeiorganisation, die uns regiert und schützt, nur in erfolgreicher Form die romantische Existenz des fahrenden Ritters wiederholt, der die Bösen straft und die Schwachen behütet.

DER PLATZ SIR WALTER SCOTTS IN DER LITERATURGESCHICHTE

Walter Scott ist ein Autor, der eigentlich jetzt wieder seinen hohen Platz in der Literatur einnehmen sollte, denn die jüngst herrschenden – und nun an Einfluß verlierenden – Schulen der streng technischen und der rein ästhetischen Kritik waren ihm zweifellos nicht gewogen. Er war ein chaotischer und ungleichmäßiger Autor, und wenn es etwas gibt, worin sich die Schriftstellerei seit seiner Zeit verbessert hat, so sind es Widerspruchsfreiheit und Gleichmäßigkeit. Es wäre vielleicht unliebenswürdig, nachzuforschen, ob sich dieses Ebenmaß beim modernen Autor – verglichen mit Scott – dem Fehlen von Talsohlen oder dem Fehlen von Gipfeln verdankt. Jedenfalls haben wir heute gelernt, unsere stilistischen Wirkungen sorgsam zu arrangieren, und der einzige Punkt, in dem wir Scott nicht gleichkommen, ist das zufällige Mißgeschick, daß wir nichts zu arrangieren haben.

Es heißt, der moderne Leser vernachlässige Scott. Stimmt dies, so dürfte man eher sagen, daß die Vorsehung den modernen Leser vernachlässigt. Der Grund für diese – einmal vorausgesetzte – Nachlässigkeit wäre wohl darin zu suchen, daß allgemein der Eindruck herrscht, Scott sei (wie der Bart des Polonius) einfach zu lang. Und doch ist es gewiß ein sehr eigenartiger Umstand, daß ausschließlich in der Literatur ein Haus wegen seiner Geräumigkeit verabscheut wird, ein Gastgeber wegen seiner Großzügigkeit. Wenn das romantisch-abenteuerliche Erzählen ein Vergnügen ist, so fällt es schwer, das brennende Bedürfnis des modernen Lesers zu verstehen, nur rasch damit zu Ende zu kommen; wenn es keines ist, weiß man nicht, wieso er sich überhaupt damit abgibt. Die bloße Ausdehnung kann, scheint mir, nicht das Problem sein. Das Problem muß in einem bestimmten Mißverhältnis liegen. Wenn manche von Scotts Romanen langweilig und saumselig wirken, dann nicht deshalb, weil sie riesenhaft gewachsen sind – sie sind bucklig oder verkrüppelt. Scott war gewiß weit davon entfernt, ein vollkommener Schriftsteller zu sein, aber man kann, glaube ich, nicht nachweisen, daß der weitläufige und komplexe Grundriß seiner Geschichten in sich eine Unvollkommenheit darstellt. Scott legte seine endlosen Vorworte und seine kolossalen Einleitungen so an wie der Architekt die Tore und langen Alleen, die zu einem wahrhaft herrschaftlichen Haus führen. Den später aufkommenden Wunsch, mit einer Geschichte rasch fertig zu werden, den kannte er nicht; er wollte eine Erzählung nicht wie eine Pille wegschlucken, damit sie ihm anschließend gut tun sollte. Er wollte sie lange über die Zunge gehen lassen wie ein Glas Portwein, damit sie ihm beim Trinken guttue. Der Leser sitzt bis weit in die Nacht hinein bei seinen Banketten. Seine Figuren haben jenen Zug von Unsterblichkeit, der denen von Dumas und Dickens zu eigen ist. Es würde uns nicht überraschen, ihnen in zahllosen Fortsetzungen zu begegnen. Scott hätte in seinem innersten Herzen wohl am liebsten eine einzige endlose Geschichte geschrieben, die keinen Anfang und kein Ende hat.

Walter Scott ist ein großer und deshalb ein geheimnisvoller Mensch. Man wird ihn erst verstehen, wenn man das romantische Erzählen versteht, und das wird erst geschehen, wenn man Zeit, Mensch und Ewigkeit begriffen hat. Wollte man sagen, daß Scott mehr als irgendein anderer Mensch, der je gelebt hat, einen Sinn für das Romantische hatte, dann wäre das in unserer Gegenwart ein dürftiges und oberflächliches Lob. Die gesamte moderne Theorie beruht auf *einem* fundamentalen Irrtum: der Idee, das Romantische sei in gewisser Weise ein Spiel mit dem Leben, eine Phantasie, eine Konvention, etwas Äußerliches. Keine genuine Kritik des Romantischen wird möglich sein, ehe wir nicht die Tatsache erfaßt haben, daß dieses Romantische nichts dem Leben Äußerliches ist, sondern absolut im Zentrum des Lebens steht. Das Zentrum eines jeden Menschenlebens ist ein Traum. Der Tod, Krankheit, Wahnsinn – das sind nur materielle Zufälligkeiten wie Zahnweh oder ein verstauchter Knöchel. Daß diese brutalen Kräfte die Zitadelle stets belagern und oft erobern, das beweist nicht, daß sie die Zitadelle *sind*. Der Realist rühmt sich, daß er (mit dem, was Rezensenten gerne das Skalpell des Analytikers nennen) ins Herz des Lebens zielt, aber er führt einen nur sehr zaghaften Schnitt, wenn er lediglich bis zu unseren Gewohnheiten, Kalamitäten und Sünden vordringt. Tiefer als all dieses liegt das visionäre Bild, das ein Mensch von sich selbst hat, und das ist so prahlerisch und sentimental wie ein Groschenroman. Der Enthüllungsroman unserer Zeit fördert im (sogenannten) Romantischen unzählige menschliche Schwächen und Vergehen zutage. Er erkennt oberflächliche Angewohnheiten wie Mord oder Trunksucht, aber er sieht die tiefste aller Sünden nicht, die Sünde des Hochmuts – die Sünde jener Eitelkeit, welche die Mutter aller Tagträume und Abenteuer ist, die eine Sünde, die man keinem noch so engen Freunde anvertraut und keinem Priester zuflüstert.

Wenn wir also die Ursache für Scotts höchsten Rang als romantischen Erzähler begreifen wollen, müssen wir uns völlig freimachen von der Vorstellung, Romantik und Abenteuer seien stofflich abhängig von den Wirrsalen einer verzwickten Handlung oder von der Vielzahl gezogener Klingen. Wir müssen uns daran erinnern, daß es hier wie bei der Tragödie oder der Farce um Zustände der Seele geht und daß aus einem dunklen, elementaren Grund, den wir nie begreifen werden, dieser besondere Seelenzustand in uns heraufbeschworen wird beim Anblick bestimmter Örtlichkeiten oder in der Betrachtung bestimmter menschlicher Krisen – durch einen Fluß, der unter einer schwerfälligen überdachten Holzbrücke dahinschießt, oder durch einen Mann, der sein Messer oder sein Schwert in einen groben Balken stößt. In der Auswahl jener Situationen, welche den Geist des Romantischen wie in einem Netz einfangen, ist Scott von niemandem übertroffen oder auch nur eingeholt worden. Seine besten Szenen wirken auf uns wie die Bruchstücke eines energischen Traumes. Sie haben eben die Qualität, die oft jenes nächtliche Theater auszeichnet: Sie scheinen in ihrer Augenblicklichkeit von größerem Menschentum als unsere wache Existenz, weil sie weniger wahrscheinlich sind. Wenn Sir Arthur Wardour mit seiner Tochter und dem Bettler in einer Klippenspalte kauert, als die Nacht hereinbricht und die Flut steigt, befinden sich diese Menschen praktisch betrachtet in der denkbar kältesten und bittersten Lage. Und doch hat die ganze Szene eine Stimmung, die man nur jungenhaft nennen kann. Sie wird erwärmt wie von allen Farben eines unglaublichen Sonnenunterganges. Als Rob Roy im Gefängnis von Glasgow sich Nicol Jarvie gegenübersieht, zieht er keinen Degen, er springt aus keinem Fenster, es kommt zu keiner jener verblüffenden Taten, an denen unser zeitgenössisches Abenteuer hängt, und doch ist dieser einfache und humorvolle Dialog voll von der wesentlichen Philosophie des Romantischen, die eine beinahe eins zu eins abgeschlossene Wette auf den Menschen gegen das Schicksal ist. Vielleicht ist die zutiefst erregende Szene bei Scott jene, wo die Familie von Colonel Mannering auf die Kutsche wartet, die möglicherweise (oder auch nicht) nachts einen Unbekannten bringen wird, damit er ein fürstliches Erbe antrete. Doch fast die ganze bewegende Szene besteht aus einer lächerlichen Unterhaltung über das Essen und aus einem Flirt zwischen einem frivolen alten Rechtsanwalt und einem modischen Mädchen. Wir können nicht angeben, was diese Szenen im Grunde ausmacht, wir können nur sagen: Der Wind weht, wohin er will, und hier weht er mit großer Stärke.

Wegen dieser Qualität einer – sagen wir – geistigen Abenteuerlichkeit steht Scott auf einer so ganz anderen Höhe als all die Abenteuerschriftsteller unserer Zeit, die Dumas nachfolgen. Es hat in der Literatur unserer Gegenwart tatsächlich eine große, inspirierende Rückkehr zum romantischen Abenteuer gegeben, aber in fast jedem Fall werden diese Versuche weitgehend zunichte gemacht durch die festsitzende Überzeugung, daß Romantik sich aus der üppigen Vervielfachung aufregender Zwischenfälle und der gewaltsamen Beschleunigung der Handlung erzeugt. Die Helden von Stanley Weyman legen ihren Degen kaum einmal aus der Hand; die Gegenwärtigkeit der tieferen Romantik spürt man viel stärker, wenn der

Degen am Gürtel hängt: bereit für unzählige Abenteuer, die zu ungeheuerlich sind, als daß man sie darstellen könnte. Der Weymansche Held hat kaum einmal zum Mittagessen Zeit – es sei denn, er nimmt seine Mahlzeit zu sich, während er aus dem Fenster springt oder mit der anderen Hand die Klinge führt. Bei den Helden Scotts dagegen ist kein Zug so charakteristisch oder so rühmenswert wie ihre Neigung, lange an der Tafel sitzenzubleiben. Die Gastlichkeit von Bruder Tuck oder von Mr. Pleydell und die ganz und gar massivsoliden Dinge, die wir sie essen sehen, gehören zu den vollkommensten dichterischen Zügen Scotts. Kurz – Stanley Weyman ist von der Überzeugung erfüllt, das ganze Wesen des Romantisch-Abenteuerlichen bestehe darin, mit unersättlicher Geschwindigkeit von einem Vorfall zum nächsten zu eilen. Die höhere Wahrheit der Romantik Scotts hat mehr von der Empfindung des »Verweile doch, du bist so schön« – mehr von einem gewissen patriarchalischen Genuß der Dinge, wie sie sind: des Schwerts an der Seite, des Weinglases in der Hand. Der Romantik kommt es in der Tat nicht so sehr darauf an, daß man Abenteuer erlebt, sondern darauf, daß man für alle Abenteuer bereit ist. Wie wenig der wirkliche Junge sich um rasante Zwischenfälle – im Gegensatz zu Werkzeug und Waffen – schert, läßt sich daran ablesen, daß die beliebteste Abenteuergeschichte überhaupt von einem Mann handelt, der jahrelang auf einer einsamen Insel lebte, mit zwei Gewehren und einem Degen, die er niemals gegen einen Feind gebrauchen mußte.

Eng damit verknüpft ist einer der Vorwürfe, die am häufigsten gegen Scott erhoben wurden (vor allem zu seinen Lebzeiten) – der Vorwurf, daß er auf einer üppigen und einförmigen Beschreibung aller Einzelheiten von Kleidung und Rüstung besteht. Der Kritiker der *Edinburgh Review* sagte einst empört, er könne vielleicht eine einigermaßen detaillierte Schilderung der Tracht von Marmion aushalten, aber wenn ein ebenso detaillierter Bericht über die seiner Knappen und Reiter folge, werde es unerträglich. Das einzige, was man zu diesem Kritiker bemerken kann, ist, daß er niemals ein kleiner Junge war. Er glaubte törichterweise, Scott würdige den Helmbusch und den Dolch Marmions im Hinblick auf Marmion. Da er selbst nicht romantisch war, begriff er nicht, daß Scott den Helmbusch würdigte, weil es ein Helmbusch war, und den Dolch als Dolch. Wie ein Kind liebte er Waffen mit einer sinnlichen, materialistischen Liebe, so, wie man die Weiche eines Pelzes liebt oder die Kühle von Marmor. Eine jener tiefen philosophischen Wahrheiten, die beinahe nur die Kindheit kennt, ist jene Liebe zu den Dingen nicht wegen ihres Gebrauchs oder Ursprungs, sondern wegen ihrer eigenen, eigentlichen Züge – die Liebe des Kindes zur Härte des Holzes, zur Nässe des Wassers, zur wunderbaren Seifigkeit der Seife. So erging es Scott, der so vieles vom Kind an sich hatte. Menschen mochten vielleicht die Hauptfiguren in seinen Geschichten sein, aber sie waren gewiß nicht die einzigen Figuren. Eine Streitaxt war eine wichtige Person, eine Burg hatte ihren Charakter und ihre Gewohnheiten. Eine Kirchenglocke hatte ein Wort mitzureden. Wie ein echtes Kind ignorierte er nahezu die Unterscheidung zwischen dem Belebten und dem Unbelebten. Ein beidhändiges Schwert mochte bloß von einem Bediensteten in einer Prozession vorbeigetragen werden, aber es war doch etwas Wichtiges und unermeßlich Faszinierendes – es war ein beidhändiges Schwert.

Es gibt eine Qualität bei Scott, aufs höchste entwickelt und ständig zu spüren, die man heutzutage wenig zu schätzen weiß. Einer der Werte, die wir in der jüngeren Literatur wirklich verloren haben, ist die Beredsamkeit. Der moderne Literat ist aus fast allen erdenklichen Gestalten zusammengesetzt – nur vom Redner hat er nichts. Doch gleichen sich Shakespeare und Walter Scott gewiß in dem einen Punkt, daß sich beide, wären sie mit der Literatur gescheitert, ihren Unterhalt als berufsmäßige Volksredner hätten verdienen können. Die feudalen Helden in den Waverley-Romanen sind in Rede und Gegenrede von einer leidenschaftlichen Würde, hochmütig und doch einzigartig menschlich, für die man in der politischen Rhetorik kaum eine andere Parallele findet als *Julius Caesar*.

Mit einer gewissen flammenden Unparteilichkeit, die uns erschauernd mitreißt, teilt Scott seine noblen Reden gleichermaßen den Guten wie den Schurken zu. Er mag einem Schuft jede Tugend und jeden Erfolg versagen, aber er erträgt es nicht, ihm das bedeutende Wort zu nehmen; er treibt einen Mann in den Untergang, aber er macht ihn nicht stumm. Tatsächlich ist einer der großartigsten Züge Scotts seine Schwierigkeit oder eigentlich seine Unfähigkeit, irgendeine seiner Figuren zu verachten. Er verabscheute den widerwärtigsten Übeltäter nicht so sehr, wie der realistische Romancier heutzutage den eigenen Helden verabscheut. Mag seine Seele in Lumpen und Fetzen hängen, jeder Mann bei Scott kann reden wie ein König.

Diese Qualität, wie gesagt, fehlt der heutigen Literatur leider ganz und gar. Der Realist würde natürlich die Idee, jedem Menschen eine scharfe und stolze Zunge in den Mund zu legen, als solche entrüstet zurückweisen, aber selbst dort, wo eine Geschichte natürlicherweise Beredsamkeit fordern würde, da stockt heute die Rede wie in der Leitung eingefroren. Nehmen wir irgendeinen beliebigen modernen Roman und schlagen wir die große Szene auf, wo der junge Sozialist den Millionär entlarvt – und vergleichen wir die gestelzte Soziologievorlesung dieses opferbereiten Langweilers mit der klingenden Freude in den Worten, mit denen Rob Roy sich zu erkennen gibt, oder mit Athelstanes Herausforderung an De Bracy. Dies alte Meer menschlicher Leidenschaft, auf dem die großen Worte und volltönenden Sätze die leuchtende Gischt bilden, ist heute verebbt. Wir gehen sogar so weit, uns zu beglückwünschen, daß wir jetzt den Schlamm und die Ungeheuer auf dem Grunde ausmachen können. In der Politik gibt es heute keinen einzigen Mann, dessen Stellung sich in erster Linie seiner Eloquenz vedanken würde; an deren Stelle sind rein intellektuelle Erwiderungen getreten, gut gegeben wie bei einem schlagfertigen Omnibusschaffner. Bei einer Debatte wie der über die in Südafrika niedergebrannten Bauernhöfe gebraucht kein Redner sein Material, wie es Burke und Grattan (vielleicht in hoher Übertreibung) getan hätten – der Redner begnügt sich mit

 Fakten und deren Erläuterung. In einem anderen Zeitalter hätte er sich vielleicht erhoben und seinen Zuhörern jenes große Prosalied entgegengeschleudert, das als Prosa vollkommen ist und doch zu einem Gesang sich steigert, jene Rede, welche Meg Merrilies dem Herrn von Ellangowan und den Herrschern Englands entgegenschleuderte: »Reitet Eures Wegs, Herr über Ellangowan, reitet Eures Weges, Godfrey Bertram! Am heutigen Tage habt Ihr sieben rauchende Herdfeuer erstickt. Sehet zu, ob das Feuer in Eurem eigenen Haus deshalb heller brennen wird. Ihr habt das Strohdach von sieben Katen gerissen – seht zu, ob Euer eigener Dachfirst deshalb fester steht! Ihr mögt die Schäferhütten von Derncleugh zur Stallung für Eure Pferde nehmen – seht zu, daß sich der Hase nicht auf dem Herd des Hauses von Ellangowan sein Lager sucht. Reitet Eures Wegs, Godfrey Bertram!«

Der Grund ist natürlich der, daß diese Leute sich vor dem Bombast fürchten, was Scott nicht tat. Kein Mensch wird wirkliche Beredsamkeit erlangen, wenn er sich vor dem Bombastischen scheut, so wie kein Reiter über eine Hecke setzen kann, der Angst vor einem Graben hat. Da das Ziel aller Rhetorik darin besteht, das kleinste gemeinsame Vielfache von Menschenseelen zu finden und mit allem Gesagten noch innerhalb der natürlichen Verständlichkeit zu bleiben, hat sie selbstverständlich keine Chance angesichts eines literarischen Ehrgeizes, der zum Ziel hat, ein gutes Stück über diese Allgemeinverständlichkeit hinauszukommen. Es ist ganz recht, subtile Analysen und distanzierte Kritiken vorzubringen, aber es ist unvernünftig, zu erwarten, daß sie von Beifallsstürmen des Volkes unterbrochen werden. Man kann sich vorstellen, daß eine Menschenmenge einem jeden wesentlichen und einfachen Gefühl Beifall schreit, sei es gut oder schlecht, aber daß sie losbrüllt, wenn man eine präzise begriffliche Unterscheidung vornimmt, das ist unvorstellbar. Rhetorisch geht es ausschließlich um die unmittelbare Wirkung von etwas Großem, und sei es die Größe großartigen Bombasts. Es ist töricht zu sagen, das sei lediglich oberflächlich. Um Oberflächlichkeit geht es hier nicht – man könnte ebensogut sagen, daß ein Stein, der uns an die Stirn fliegt, eine Oberflächlichkeit ist. Bereits das Wort »oberflächlich« beruht auf einem grundsätzlichen Lebensmißverständnis – der Vorstellung, daß die nachträgliche Überlegung die bessere ist. Der oberflächliche Eindruck von der Welt ist der bei weitem tiefste. Was wir wirklich fühlen, natürlich und beiläufig, wenn wir die Himmel, die Bäume und die Gesichter unserer Freunde erblicken: dies und nur dies wird fast mit Gewißheit unsere lebendige Philosophie bleiben bis zum Tod.

Scotts Bombast wird deshalb für jeden erhebend sein, der sich ihm so nähert (und man sollte sich aller Literatur so nähern) wie ein kleines Kind. Wir könnten es ohne weiteres entschuldigen, daß ein moderner Kritiker Melodramen, Abenteuerromane oder eine Punch-and-Judy-Vorstellung nicht zu schätzen weiß, wenn er nur einräumen würde, daß das an einem kleinen Defekt seiner künstlerischen Sensibilität liegt. Ohne alle Frage zeigt es einen Mangel an literarischem Instinkt, wenn man nicht in der Lage ist, beim ersten Anzeichen des Herannahens abenteuerlicher Romantik seine geistige Haltung zu vereinfachen. »Ihr tut mir Unrecht«, sagt Bois de Guilbert zu Rebecca. »Viele Gesetze, viele Gebote habe ich gebrochen, doch mein Wort niemals.« »Stirb«, ruft Balfour of Burley dem Schurken in *Old Mortality* zu, »stirb, ohne Hoffnung, ohne Glauben« – »Und ohne Furcht«, erwidert der andere. Das ist die altehrwürdige hohe Kunst des Prahlens, wie sie die Recken der Vorzeit praktiziert haben. Wer sie nicht zu schätzen weiß, ist wie jemand, der nichts mit Rindfleisch und Rotwein anzufangen weiß, nichts mit einem Spiel mit Kindern oder einer Blaskapelle. Er hat Angst, sich zum Narren zu machen, und er begreift nicht, daß diese Umwandlung sich bereits triumphal vollzogen hat.

Scott ist also von einem großen Teil der späteren Entwicklung des Erzählens getrennt durch diese Qualität des Rhetorischen. Das Beste und Größte im modernen Roman (wie das Werk von Henry James) konzentriert seine Anstrengung vor allem auf die subtile und faszinierende Sprache, die tiefer und tiefer gräbt wie ein Maulwurf – aber wir haben dafür jene Sprache ganz und gar vergessen, die höher und höher steigt wie eine Woge und in einer tosenden Schlußkaskade herabstürzt. Der vielleicht brillanteste und typischste Autor unseres Jahrzehnts ist Bernard Shaw. In seinem bewundernswerten Stück *Candida* gehört es ganz eindeutig zur Rolle des sozialistischen Pfarrers, daß er beredt sein muß – doch er ist es nicht, da die spezielle Shawsche Bewußtseinslage die poetische Einfachheit ganz unmöglich macht, welche jegliche Beredsamkeit erfordert. Scott nimmt seine Helden und Schurken ernst – wie Helden und Schurken, diese insbesondere, es ja auch tun. Es ist üblich, diese alten romantischen Posen künstlich zu nennen – aber das Wort »künstlich« ist die allerletzte und albernste Ausflucht der Kritik. Nichts auf der Welt war je vollkommen künstlich. Es lag ihm irgendein Motiv, irgendein Ideal zugrunde, und gewöhnlich ein viel besseres, als wir denken.

Von den ästhetischen Mängeln Scotts muß man nicht lange reden, denn Mängel lassen sich allgemein aufs leichteste nachweisen, während es andererseits noch keine adäquate Bewertung der Varianten und Kontraste bei den Tugenden gibt. Wir haben eine komplette botanische Klassifikation des Unkrauts im poetischen Garten angelegt, aber die Blumen blühen immer noch unbeachtet und namenlos. Es stimmt beispielsweise, daß Scott eine unnachahmlich steife und pedantische Art hatte, mit seinen Heldinnen umzugehen – er ließ ein lebhaftes Mädchen von achtzehn Jahren einen Heiratsantrag ganz im Stil von Dr. Johnson ablehnen. Für ihn wie für die meisten Männer seiner Zeit war die Frau kein Individuum, sondern eine Institution – ein Trinkspruch, den man irgendwann nach dem auf Thron und Altar ausbrachte. Aber es ist viel besser, diesen Unterschied als ein spezielles Verdienst aufzufassen und Scotts Werk als Inbegriff der unschuldigen und erfrischenden Zwischenfälle des Lebens zu sehen, von Leidenschaft oder Schwäche unberührt – Inbegriff einer gewissen junggesellenhaften Energie, die für die Literatur des Abenteuers fast eine notwendige Voraussetzung ist. Mit all seinen Mängeln und all seinen Triumphen steht er für die große ungeschlachte Masse natürlicher Männlichkeit, die in die Kunst aufgenommen werden muß, soll diese nicht nur ein Luxus und eine Absonderlichkeit sein. Ob man Scott schätzt – das könnte fast ein Test auf Dekadenz sein. Wenn wir je die Verbindung zu diesem einen höchst tollkühnen und mangelhaften Schriftsteller verlieren, dann haben wir den Beweis, daß wir um uns her einen falschen Kosmos von verlogener und fürchterlicher Vollkommenheit erbaut haben, aus dem Walter Scott ausgeschlossen ward und die wunderliche alte Welt, die so verworren und unmöglich, so inspirierend und gesund ist wie er.

DIE ›PICKWICK PAPERS‹ VON CHARLES DICKENS

Es gibt Leute, die enthusiastisch die Existenz einer Gottheit leugnen und glücklich ein Hobby betreiben, das man als die Irrtümer des Moses bezeichnet. Ich habe ihre Anstrengungen nicht im einzelnen verfolgt, aber anscheinend bestand der hauptsächliche Irrtum von Moses darin, daß er den Pentateuch nicht geschrieben hat. Die geringeren Irrtümer sind dann offenbar nicht von Moses begangen worden, sondern von jemand anderem, der uns ebenso unbekannt ist. Diese Polemiker beackern ein sehr weites Feld, und ihre Vorwürfe gegen die Heilige Schrift sind vielfältig bis zum Exzeß. Sie reichen von der Behauptung, die unzensierte Bibel sei fast ebenso ungeignet für eine amerikanische Mädchenschule wie ein unzensierter Shakespeare, bis zu jener, das Küssen der Bibel bei einer Eidesleistung sei hygienisch beinahe so gefährlich wie das Küssen von Kindern in den Armenvierteln. Ein oberflächlicher Betrachter könnte meinen, es gebe keinen einzigen Satz der hebräischen oder christlichen Heiligen Schriften, den diese Schule nicht mit irgendeinem scharfsinnigen und ungebildeten Kommentar gebrandmarkt hat. Doch gibt es zumindest einen Abschnitt, den sie sich noch nie vorgenommen hat, wenigstens nicht meines Wissens – und indem ich sie hierauf aufmerksam mache, habe ich die Empfindung, daß ich Material für eine lange Reihe von Volksreden im Hyde Park liefere. Ich meine die überaus merkwürdige Anordnung in dem mystischen Bericht von der Erschaffung der Welt, wo zuerst das Licht geschaffen wird und anschließend alle leuchtenden Himmelskörper. Es ist eigentlich nichts vorstellbar, was der elefantösen Logik des Bibelzertrümmerers in stärkerem Maße preisgegeben wäre als dies: daß die Sonne nach dem Sonnenlicht erschaffen worden sein soll. Die Auffassung, die hinter diesem Satz steckt, ist in der Tat einem großen Teil des modernen Denkens ganz und gar entgegengesetzt. Vielen modernen Menschen klänge dies wie die Behauptung, daß das Laub vor dem ersten Blatt da war, daß es eine Kindheit gab, ehe je ein Kind geboren wurde. Die Idee ist, wie gesagt, einem großen Teil des modernen Denkens ganz fremd, und wie viele Ideen, von denen dies gilt, ist es eine sehr subtile und solide Idee. Was auch immer der Sinn jenes speziellen Abschnitts der urzeitlichen Dichtung sein mag – es liegt eine sehr präzise metaphysische Bedeutung in der Vorstellung, daß das Licht vor der Sonne und den Sternen existierte. Das ist nicht barbarisch – eher platonisch. Die Idee gab es, ehe irgend etwas von der Maschinerie existierte, welche die Idee manifest werden ließ. Es gab die Gerechtigkeit, als man noch keine Richter brauchte, und die Gnade, ehe noch jemand unterdrückt worden war.

Wie es sich auch immer in Religion und Philosophie verhalten mag – man kann ohne große Übertreibung sagen, daß diese Wahrheit der eigentliche Schlüssel zur Literatur ist. Der ganze Unterschied zwischen Konstruktion und Schöpfung liegt genau hierin: Etwas Konstruiertes kann erst dann geliebt werden, wenn man es konstruiert hat, doch ein geschaffenes Ding wird geliebt, noch ehe es existiert, so wie die Mutter das ungeborene Kind lieben kann. In der schöpferischen Kunst existiert das Wesen eines Buches vor dem Buch selbst und auch noch vor den Einzelheiten und Hauptzügen des Buches; der Autor genießt sein Buch und wohnt in ihm in einer Art prophetischer Verzückung. Er möchte eine komische Geschichte schreiben, ehe ihm auch nur ein einziger komischer Vorfall eingefallen ist. Er beschließt, eine traurige Geschichte zu verfassen, noch ehe er sich etwas Trauriges vorstellen konnte. Es gibt eine banale Spießermaxime, die manchmal von Leuten gebraucht wird, welche frivol genug sind, ihren eigenen Humor ernst zu nehmen: die Maxime, daß man nicht über seine eigenen Witze lachen solle. Aber der große Künstler lacht nicht nur über sie – er lacht über seine eigenen Witze, ehe er sie gemacht hat. Im Falle eines wirklich mit Humor begabten Mannes können wir den Humor in seinen Augen erkennen, ehe ihm irgendwelche erheiternden Worte eingefallen sind. So lacht der schöpferische Schriftsteller über seine Komödie, ehe er sie erschaffen hat, und er hat Tränen für seine Tragödie, ehe er weiß, wovon sie handelt. Wenn ihm die Symbole und die seine Ahnung einlösenden Umstände einfallen, dann meist erst bruchstückhaft und widersprüchlich, in raschen Visionen von Krisis oder Erfüllung. Die letzten Seiten kommen vor den ersten; ehe sein Abenteuer begonnen hat, weiß er, daß es gut ausgeht. Er sieht die Hochzeit vor der Werbung, er sieht den Tod vor dem Duell. Insbesondere aber sieht er die Farbe und Art seiner ganzen Geschichte vor irgendwelchen möglichen einzelnen Ereignissen. Das ist das richtige Argument für die autonome Kunst und den Stil, nur haben die Künstler und Stilisten nicht den Verstand, sich seiner zu bedienen. In einem ganz bestimmten, sehr realen Sinne ist der Stil viel wichtiger als Figuren oder Handlung. Denn ein Autor weiß, in welchem Stil er ein Buch schreiben möchte, ehe er sonst irgend etwas über dieses Buch weiß.

Die *Pickwick Papers* sind in Dickens' Laufbahn die ungestalte Masse Licht vor der Erschaffung von Sonne oder Mond. Hier haben wir die herrliche, formlose Substanz, aus der dann schließlich all seine Sterne gemacht wurden. Man könnte *Pickwick* in unzählige Romane zerlegen, wie man jenes Urlicht in unzählbare Sonnensysteme zerteilen konnte. Die *Pickwick Papers* sind vor allem anderen eine Art wilde Verheißung, eine pränatale Vision aller Kinder von Dickens. Er war noch nicht mit dem schlichten professionellen Habitus vertraut, daß man sich Handlung und Figuren sorgsam aussucht, daß man die Dinge der Reihe nach macht, daß man einen separaten, vernünftigen Roman schreibt und an den Verlag schickt. Hier steckt er noch im jugendlichen Wirbel jener Art von Welt, die er gerne erschaffen wollte. Er versucht zehn Geschichten auf einmal zu erzählen; er wirft alle chaotischen Phantasien und grobschlächtigen Erlebnisse seiner Kindheit mit in den Topf; er zerrt schamlos ganz irrelevante Kurzgeschichten herbei, die er herumliegen hat; er legt sich Pläne zu und gibt sie wieder auf, beginnt Episoden und läßt sie unvollendet, aber von der ersten Seite bis zur letzten herrscht eine namenlose, elementare Ekstase – die Ekstase des Mannes, der das macht, was er gut kann. Dickens erlangte wie jeder andere ehrliche und wirkungsvolle Schriftsteller schließlich ein gewisses Maß an Sorgfalt und Zurückhaltung. Er lernte, wie er seine Figuren zu Helfern bei seinem Drama zu erziehen hatte, er lernte, Geschichten zu schreiben, die zwar voll eigensinniger Abschweifung und Wunderlichkeit steckten, aber doch immerhin Geschichten waren. Aber ehe er eine einzige richtiggehende Geschichte schrieb, hatte er eine Art Vision. Es war eine Vision von der Dickenswelt – ein Labyrinth staubweißer Landstraßen, eine Karte voll phantastischer Städte, donnernder Postkutschen, röhrender Gasthäuser, seltsamer, sich spreizender Gestalten. Diese Vision war *Pickwick*.

Man muß sich vor Augen halten, daß dies sogar im engen Zusammenhang mit seiner Biographie zutrifft. Von allem anderen abgesehen war *Pickwick* seine erste große Chance. Es war ein bedeutender Auftrag, der in gewisser Weise an einen weitgehend unbekannten Mann ging, damit der einmal zeigen sollte, was er konnte. Dieser Roman war im strikten Sinne eine Warenprobe. Und wie ein Ledermuster nur aus einem Abschnitt Leder bestehen kann, eine Kohlenprobe nur aus einem Brocken Kohle, so kann man dieses Buch am angemessensten als ein großes Stück Dickens betrachten.

Er wollte gerne alles zeigen, was in ihm steckte. Es war ihm wichtiger, zu demonstrieren, daß er gut schreiben konnte, als nachzuweisen, daß er dieses eine bestimmte Buch ordentlich verfassen könnte. Und seinen Beweis hat er geführt. Noch nie hat jemand ein solches Musterstück eingeschickt wie Dickens. Seine Rolle Leder versperrte die Straße, sein Brocken Kohle setzte den Horizont in Brand.

Das Buch entsprang dem Vorschlag eines Verlegers (und auf diese Weise sind sehr viel mehr gute Bücher zustande gekommen, als es die Arroganz der Literaten gemeinhin zugibt). Heutzutage hört man viel von Apollos Dienst bei Admetos und von der Unmöglichkeit des Ansinnens, daß das Genie innerhalb festgelegter Grenzen arbeiten oder eine fremde Form ausfüllen soll. Und doch haben das einige der größten Genies getan, von Shakespeare, der schlechte Komödien ausflickte und schlechte Romane dramatisierte, bis zu Dickens, der ein Meisterwerk verfaßte, welches eigentlich nur als Aufhänger für die Zeichnungen eines Mr. Seymour dienen sollte. Und diese eigentliche Ursprungsgeschichte hat durchaus etwas mit dem Geist und der Kraft Dickens' zu tun. Sehr fragile, schmale und bizarre Talente sind in der Tat außerstande, für irgendeinen ihnen fremden, äußerlichen Zweck zu arbeiten, diene dieser der Öffentlichkeit oder dem privaten Profit. Doch sehr große und üppige Begabungen gehen einher mit einer fast verachtungsvollen Großzügigkeit, die sich an schlechthin allem versuchen kann. *Poetae minores* können nicht auf Anweisung schreiben, aber sehr große Dichter können es. Je größer ein Geist ist, je weiter sein Blick, desto wahrscheinlicher, daß alles, was man ihm vorschlägt, ihm auch bedeutsam und vielversprechend erscheint; je mehr sein Zugriff die ganze Welt umfaßt, desto eher wird er bereit sein, über alles und jedes zu schreiben. Es ist sehr hart (wenn man mich versteht), jemandem einen Ziegelstein an den Kopf zu werfen und zu fordern, er solle ein Epos darüber schreiben, doch je größer der Mann ist, desto mehr wird er über den Ziegelstein zu schreiben wissen. Es ist sehr ungerecht (um nicht mehr zu sagen), wenn man auf ein Werbeplakat für Colman-

Senf zeigt und einen philosophischen Vortrag verlangt, aber je größer der Mann ist, von dem man dies fordert, desto wahrscheinlicher ist es, daß man etwas zu hören bekommt. Und dieser Beweis wurde nun, nicht zum ersten Mal, mit dem Experiment von Dickens' erstem großen Auftrag angetreten. Die Firma Chapman and Hall kam zu ihm mit dem Vorschlag, er solle eine Reihe Sportgeschichten schreiben, die als Kontext, beinahe möchte man sagen: als Vorwand für eine Reihe Karikaturen von Seymour, dem Sportzeichner, dienen sollten. Dickens wandelte den Plan ein wenig ab, aber er behielt den Hauptzug bei, und dieser Hauptzug war Mr. Winkle. Bedenkt man, was Mr. Winkle in den Händen eines langweiligen Plauderers hätte werden können und was er nun ist, so hat man das Gefühl, daß Dickens einen Menschen aus Lumpen und Abfall erschaffen hat. Dickens sollte später auf vielen Gebieten hervorragend und erfolgreich arbeiten und noch viele wunderbare Bücher und unverkennbare Figuren in die Welt schicken. Es war ihm bestimmt, wie ein Staatsmann den Beifall von Kontinenten zu ernten und seinen Verlegern Bedingungen zu diktieren wie ein Despot; aber vielleicht hat er nie wieder so großartig gearbeitet wie hier, als er in Ketten arbeitete. Man kann sich durchaus fragen, ob jenes Buch, das ihm als kleinem Skribenten vorgegeben wurde, nicht sein Meisterstück ist.

Natürlich stimmt es, daß im Verlauf des Projekts seine Unabhängigkeit zunahm und daß er sich dann ganz von den Einflüssen löste, welche ihm zunächst seine Geschichte suggeriert hatten. Auf eben diese Weise verkündete Shakespeare seine Unabhängigkeit von der ursprünglichen Chronik, in welcher Hamlet, Prinz von Dänemark, auftaucht, und strich (mit weiser Hand) einen zweiten Onkel namens Wiglerus. Zu Beginn mag der Nimrodklub, wie ihn sich Chapman und Hall vorstellten, noch dieselben Chancen gehabt haben wie der Pickwickklub des jungen Mr. Dickens, aber dann wurde der Pickwickklub zu etwas viel Großartigerem, als sich je ein Verleger zu erträumen gewagt hätte. Einige der alten Verbindungen wurden in der Tat durch den Zufall oder eine äußere Schwierigkeit zertrennt; Seymour, um dessentwillen das ganze Unternehmen vielleicht ursprünglich geplant worden war, schoß sich eine Kugel vor den Kopf, ehe er noch zehn Blätter geliefert hatte. Aber das konnte nun *Pickwick* nichts mehr anhaben. Es tat wenig zur Sache, was für ein Ende Seymours Kopf nahm, solange Charles Dickens nur angefangen hatte, den seinen durchzusetzen. Das Werk wurde, fortschreitend und systematisch, immer großartiger und meisterhafter. Viele Kritiker haben erwähnt, daß es eine unstimmige und unkünstlerische Veränderung zwischen dem ersten Teil der *Pickwick Papers* und allem späteren gibt; sie haben ganz richtig ausgeführt, daß die Figur des Mr. Pickwick sich von einem Hanswurst zu einem soliden Kaufmann verändert. Aber die Veränderung ist, wenn diese Kritiker das nur hätten sehen können, noch viel stärker bei den nachgeordneten Figuren dieser illustren Gesellschaft. Mr. Winkle, der ein reiner Idiot war (vielleicht sogar, wie Mr. Pickwick sagt, »ein bloßer Hochstapler«), wird plötzlich ein romantischer und tollkühner Liebhaber, der eine verbotene Mauer übersteigt und eine dreiste Entführung plant. Mr. Snodgrass, der sich in allen ernsten Lebenslagen lächerlich aufgeführt hat, findet sich plötzlich in einer überaus lächerlichen Situation wieder – der eines Herrn, der bei einer geheimen Liebschaft überrascht wird – und verhält sich vollkommen männlich, ernsthaft und ehrbar. Einzig Mr. Tupman durchläuft keine ernstzunehmende moralische Entwicklung, und vielleicht hören wir aus diesem Grund gegen Ende des Buches immer weniger von ihm. Dickens war nun in ganz und gar ernsthafter Stimmung – einer Stimmung, die sich in extravaganten Geschehnissen ausdrückte, aber doch ernsthaft blieb; hier ließen sich Winkle und Snodgrass in ihrer Funktion als romantische Liebhaber verwenden. Mr. Tupman hatte keinen Platz in den Liebeshändeln, und deshalb war kein Platz mehr für ihn im Roman.

Ein großer Teil der Veränderung hing damit zusammen, daß an einem bestimmten Punkt die größte Figur des Romans in Erscheinung trat. Auf den ersten Blick mag es seltsam klingen, wenn ich sage, daß Sam Weller half, die Handlung ernsthaft werden zu lassen.

Trotzdem ist das die strikte Wahrheit. Die Einführung von Sam Weller hatte zunächst einige eher zufällige und oberflächliche Auswirkungen. Als Samuel Weller einmal aufgetaucht war, war Samuel Pickwick nicht länger die Zentralfigur der Farcenhandlung. Weller wurde der große witzige Spötter, und Pickwick in gewisser Weise die Zielscheibe des Spottes. Und es war klar: je schlichter, feierlicher und tatsächlich würdevoller eine solche Zielscheibenfigur angelegt werden kann, desto besser. Mr. Pickwick war zuerst eine Gestalt gewesen, die im Rampenlicht hüpfte und tanzte. Mit Sams Ankunft aber wurde Mr. Pickwick zu einer Art schwarzem Hintergrund und mußte sich entsprechend verhalten. Diese Erklärung ist zwar, so weit sie reicht, ganz richtig, doch sie ist unzulänglich, fast schäbig, und sie läßt die bedeutenden Elemente unerläutert. Sam Weller führt den ernsteren Ton in *Pickwick* aus einem viel tieferen und gerechteren Grund ein. Er schlägt ihn an, weil mit ihm etwas auftritt, das Dickens sein ganzes Leben lang hauptsächlich predigte – und etwas, das er nie so wirkungsvoll predigte, wie wenn er es unbewußt tat. Mit Sam Weller tritt das englische Volk in Erscheinung.

Sam Weller ist in der englischen Literatur das große Symbol des England eigenen Volkstums. Sein unablässiger Redestrom aus vernünftigem Nonsens ist eine wundervolle Leistung von Dickens, aber er stellt keine große Verfälschung der Rede dar, wie man sie wirklich unter den englischen Armen hört. Die englische Armut lebt in einer Atmosphäre des Humors; sie denkt humoristisch. Ironie ist ihre Atemluft. Von Zeit zu Zeit kommt einem Politiker oder einem Gentleman ein Witz in den Sinn, und dann macht er in der Regel möglichst viel daraus; wenn einem Fischmarktschreier einmal ein ernstes Wort in den Sinn kommt, wirkt dies fast so verblüffend wie ein Witz. Das Wort *chaff*, Spreu, mit dem man solche Spötteleien bezeichnet, sollte wohl ursprünglich deren sterilen Charakter ausdrücken, aber für die Armen Englands ist diese Spreu so nahrhaft wie Korn. Was ihnen auf die Zunge tritt, ist stets der ironische Ausdruck. Ich weiß noch, wie mich einmal der Droschkenkutscher eine

Straße hinunterfuhr, die sich als Sackgasse herausstellte, so daß wir abrupt vor einer Mauer standen. Der Fahrer und ich sagten gleichzeitig etwas, aber ich sagte: »So geht's aber nicht!« und er sagte: »Na, das ist richtig!« Selbst als er sein Pferd eine Nasenlänge vor einer Backsteinmauer zügeln mußte, dachte dieser entschiedene Spötter im Kontext seiner hochentwickelten satirischen Tradition, während ich, der Angehörige einer langweiligeren und simpleren Klasse, meine Gefühle in Worten zum Ausdruck brachte, die unschuldig und buchstäblich waren wie die eines Bauern oder eines Kindes.

Dieser ewige Strom göttlichen Spottes ist niemals so wahrhaftig charakterisiert worden wie mit der Figur von Sam; Sam ist ein grotesker Springquell, aus dem sich auf ewig das Wasser des Lebens ergießt. Man hat Dickens Übertreibung vorgeworfen, und oft übertreibt er auch, aber hier tut er es nicht – er arbeitet lediglich wie jeder andere große Künstler symbolisierend und sublimierend. Sam Weller übertreibt den Witz des Londoner Eckenstehers ebensowenig wie, sagen wir, Thackerays Colonel Newcome die Würde des gewöhnlichen Soldaten und Gentleman oder Jane Austens Mr. Collins die Albernheit einer bestimmten Sorte von Landpfarrern. Und dieser Atemhauch der ungestümen Bruderschaft der Armen verlieh dem ganzen Roman eine besondere Ernsthaftigkeit und einen Wirklichkeitsgeschmack. Die unbewußten Torheiten von Winkle und Tupman werden wie Blätter verweht von der massiven und bewußten Torheit Sam Wellers. Viele Autoren komischer Fiktionen haben den schlauen Schuft und sein gutgläubiges Opfer geschildert. Aber hier haben wir, in einer frischen und sehr menschlichen Atmosphäre, einen schlauen Diener, der kein Schuft, und einen gutgläubigen Herrn, der kein Opfer ist. Sam Weller steht in gewisser Weise für eine fröhliche Weltweisheit; Mr. Pickwick steht für eine noch fröhlichere Unkenntnis der Welt. Und Dickens entspricht einem tiefen menschlichen Gefühl (dem Gefühl, das Heilige schafft und die Heiligkeit der Kinder), wenn er den sanfteren, ignoranteren Typus zu demjenigen macht, der alles mäßigt und beherrscht. Wissen und

Unschuld sind beides hervorragende Dinge, und beide sind sie sehr komisch. Aber es ist recht und billig, daß das Wissen der Diener ist und die Unschuld der Herr.

Die Aufrichtigkeit dieser Studie von Sam Weller hat eine besondere Folge, welche die Kritiker des Werks von Dickens zu meinem Erstaunen nie bemerkt oder jedenfalls nie erwähnt haben. Weil dieses Buch nicht das typische rührende Pathos des späteren Dickens hat, sind bestimmte Abschnitte wahrhaft rührend. Dickens, der zu Recht spürte, daß der ganze Tonfall des Buches komisch war, hatte das Gefühl, er dürfe keine großen Experimente in Traurigkeit unternehmen und müsse das Traurige, welches er einführte, in Grenzen halten. Er bediente sich dieser Zurückhaltung, um den Humor nicht zu gefährden, doch hätte er dieses Verfahren eigentlich – hätte er sich besser gekannt – anwenden können, damit das Rührende nicht in Gefahr geriet. Dies ist das einzige Buch, in dem Dickens quasi gezwungen war, seine zarteren Empfindungen unnachsichtig niederzuschlagen, und genau aus diesem Grunde ist es sein einziges Buch, wo all das Zartgefühl auch unbestreitbar wahr ist. Ein großes Beispiel dessen, was ich meine, läßt sich in der Szene finden, in der Sam Weller seinen Vater nach dem Tod seiner Stiefmutter besucht. Der loyalste Bewunderer von Dickens kann kaum ein leises Erschauern unterdrücken, denkt er daran, was Dickens in einem seiner rücksichtsloseren, rührseligeren Momente aus dieser Szene hätte machen können. Vielleicht hätte die alte Mrs. Weller gefragt, was denn die Wellen sagen, und vielleicht hätte der alte Mr. Weller es ihr erläutert. So aber war Dickens gezwungen, seine Erzählung knapp und humorvoll durchzuführen, und deshalb gibt er ein Bild von schlichtem Respekt und Anstand, das männlich, würdevoll und genuin traurig ist. Diese einfachen und ehrlichen Männer, Vater und Sohn, versuchen nicht, aus der toten Frau etwas anderes zu machen, als sie war: Ihre Achtung gilt dem Tod und jener menschlichen Schwäche und jenem menschlichen Geheimnis, die der Tod am Ende verhüllt. Der alte Tony Weller sagt seiner kratzbürstigen Gattin nicht, sie sei nun bald ein Himmelsengel; er spricht zu ihr bewundernswert gutmütig und vernünftig: »›Susan‹, sag ich, ›du bist mir immer in allem ein sehr gutes Weib gewesen: faß dir ein Herz, meine Liebe, und du wirst es noch erleben, daß ich diesem Stiggins eins auf den Kopf gebe.‹ Da hat sie gelächelt, Samuel … aber gestorben ist sie dann trotzdem.«

Dies ist vielleicht das erste und das letzte Mal, daß Dickens die höchste Würde des Pathos berührt. Er hält mit seiner Rührung zurück; später ließ er sich immer mit ihr gehen. Nun kann man sich im Gelächter gehen lassen – das Lachen hat etwas Befreiendes in sich. Doch die Trauer hat ihrem Wesen nach etwas, das sich beschränkt; das Pathos kämpft seinem Wesen nach mit sich selbst. Der Humor ist expansiv, explosiv, er will überallhin ausbrechen, wie es die verbreitete Wendung andeutet, daß man »sich die Seiten hält vor Lachen«. Aber die Trauer ist nichts Expansives, und später war es der Fehler Dickens', daß er sie dazu machen wollte. Das ist seine einzige große Schwäche als großer Schriftsteller – daß er die plötzliche Traurigkeit, dieses abrupte Mitgefühl, das, was Pathos heißt, zu etwas ganz Offensichtlichem, Ansteckendem, Öffentlichem machen wollte wie Journalismus oder Masern. Es ist schön, sich sagen zu können, daß bei dem überragenden Meisterwerk vom Morgen seiner Laufbahn nicht einmal dieser schwache Fleck auf der Sonnenscheibe seines gerechten Glanzes steht. An *Pickwick* wird man sich immer erinnern als an das große Beispiel für all das, was Dickens groß gemacht hat: das feierlich Gesellige großer Freundschaften, die mäandernden Abenteuer auf alten englischen Landstraßen, die Gastlichkeit alter englischer Wirtschaften, das Liebenswürdige und Ehrenhafte alter englischer Umgangsformen. Vor allem aber wird man sich immer erinnern an das große Gelächter in diesem Buch oder, wenn man will, an seine große Torheit. Ein guter Witz ist das eine endgültige und heilige Ding, das sich nicht kritisieren läßt. Unsere Beziehungen zu einem guten Witz sind direkte und sogar göttliche Beziehungen. Wenn wir einen Witz verstehen, sprechen wir im Englischen davon, daß wir ihn »sehen«, *we see a joke* – so, wie man einen Geist sieht oder eine Vision hat. Wenn wir den Witz gesehen haben, ist es müßig, uns in eine Diskussion darüber verwickeln zu wollen, und wir haben die Vision der *Pickwick Papers* erblickt. *Pickwick* mag der Gipfel von Dickens' Humor sein; ich glaube, alles in allem, daß das zutrifft. Aber den großzügigen Humor von *Pickwick* erstreckte Dickens großzügig noch auf viele andere wunderbare Romanreiche; das schmale Pathos von *Pickwick* fand er nie wieder.

IM LAND VON MR. SKELT: ÜBER ROBERT LOUIS STEVENSON

Immer wieder einmal bleibt bei der Lektüre zeitgenössischer Literaturkritik das Auge an einer Behauptung hängen, die so verblüffend unwahr, mehr noch: tatsachenwidrig ist, daß es den Anschein hat, als stelle sich ein Passant plötzlich auf den Kopf. Um so bemerkenswerter wirkt dies, wenn der Verfasser tatsächlich einen festen eigenen Kopf hat, auf den er sich stellen kann. Einer der fähigsten unserer jüngeren Kritiker, dessen anderweitige Studien ich sehr bewundert habe, schrieb in unserem unschätzbaren *London Mercury* eine Studie über Stevenson – so nannte sich das jedenfalls. Und was er dort hauptsächlich, ja fast ausschließlich vorbrachte, war: Das Denken Stevensons führe uns sogleich zurück zu dessen größerem Vorbild Edgar Allan Poe; beide seien blasse, elegante Gestalten, »die Wachsblumen verfertigen«, wie es jemand ausgedrückt hat. Und natürlich sei damit der frühere und größere Autor dem späteren und geringeren überlegen. Tatsächlich behandelte jener Kritiker Stevenson wie einen Schatten Poes – den Schatten einer düsteren Schattenwelt. Er ging beinahe so weit, anzudeuten, daß es für diejenigen, die Poe gelesen haben, kaum einen Grund gäbe, auch noch Stevenson zu lesen. Und fast möchte ich vermuten, daß er seinem eigenen Rat gefolgt ist und in seinem ganzen Leben keine Zeile von Stevenson gelesen hat.

Würde einer sagen, Maurice Maeterlinck leite sich so direkt von Dickens her, daß es schwierig wäre, beide voneinander abzugrenzen, fiele es einem zunächst wohl schwer, die Argumentation zu begreifen. Würde er behaupten, Walt Whitman sei ein so getreuer Nachahmer von Alexander Pope, daß es sich kaum lohne, die Nachahmungen zu lesen, wäre man zuerst mal ratlos. Aber ich glaube doch, daß derartige Vergleiche am Ende fast noch sinnvoller wären als der zwischen Stevenson und Poe. Dickens hat sich nicht so ausschließlich auf komische Gegenstände beschränkt wie Poe auf tragische. Ein Versuch über den Optimismus könnte tatsächlich die Namen Pope und Whitman zusammenbringen. Er könnte auch den von Stevenson aufnehmen, aber der von Poe würde dort kaum erglänzen. Der Unterschied geht jedoch viel tiefer als irgendwelche kritischen Etikettierungen oder kontroversen Vorurteile. Tiefer noch als die formalen Abgrenzungen dessen, was komisch oder ernsthaft ist. Der Unterschied liegt in etwas, das heutzutage im modischen Gespräch »psychologisch« heißt, das aber diejenigen, die sich doch lieber lateinisch als griechisch ausdrücken, immer noch spirituell nennen würden. Es geht dabei nicht unbedingt um das, was in der Presse Moral heißt – aber allein aus dem Grunde, daß es sich hier um etwas handelt, das wesentlich moralischer ist als der größte Teil der modernen Moral.

Als man Stevenson noch als Stennis kannte – unter den Kunststudenten in Paris, die sich mit seinem Namen schwer taten –, da regierte das *L'art pour l'art* die Stunde. Die Malerei hatte unpersönlich zu sein, obwohl die Maler (Whistler beispielsweise) oft ausgesprochen persönlich wurden. Aber sie bestanden alle darauf, daß jedes Gemälde unpersönlich sein müsse wie ein Ornament. Sie hätten lieber betonen sollen, daß jedes Ornament persönlich ist wie ein Bild. Ob wir ein Gesicht im Teppichmuster sehen oder nicht – einen eigenen Geist sollten wir schon im Teppich erblicken, und tatsächlich hat jede Form der Ornamentik den ihren. In der babylonischen oder der barocken Architektur drückt sich mit ebensolcher Emphase eine Moral aus, als wären die Mauern mit Bibeltexten beschrieben. Und in derselben Weise liegt jedem künstlerischen Bewußtsein so etwas wie ein Ornamentmuster oder ein Architekturstil zugrunde. Das Ursprüngliche und Besondere in jedem phantasiebegabten Menschen ist eine bestimmte Bildlichkeit. Es ist so etwas wie die Landschaft seiner Träume – es ist die Art von Welt, in welcher er gerne umherwandern würde, die seltsame Flora und Fauna seines eigenen geheimen Planeten: die *Art* von Dingen, an die er gerne denkt. Diese besondere Atmosphäre – dieses Muster oder diese Struktur eines Wachstums – beherrscht alle seine Schöpfungen, wie unterschiedlich sie auch sein mögen. Und weil er in diesem Sinne eine besondere Welt erschaffen kann, ist er (in diesem Sinne) ein Schöpfer, das Inbild Gottes. Nun weiß jeder, was in diesem Sinn die Atmosphäre und Architektur Poes war. Dunkler Wein, ersterbende Lampen, betäubende Düfte, ein Gefühl, als ersticke man in Draperien aus schwarzem Samt – einem Stoff, der gleichzeitig vollkommen schwarz und unergründlich weich ist. All dies trug in sich das Gefühl eines unbestimmten und unendlichen Zerfalls – wobei ich das Wort »unendlich« hier nicht unbestimmt gebrauche. Entscheidend ist bei Poe, daß wir das Gefühl haben, *alles* zerfalle und wir selbst auch – schon werden die Gesichter formlos wie die von Aussätzigen, die Häuser verrotten von der Schwelle bis zum Dach, ein einziger grauer Schimmelpilz, riesig wie ein Wald, erzeugt nichts Neues, sondern saugt alles Leben in sich ein und spiegelt sich in reglosen Teichen wie in Seen aus lauter Gift, die ohne Kontur oder Grenze in Sumpf übergehen. Die Sterne sind in Poes Augen nichts Reines – nur weitere für die Würmer geschaffene Welten. Und diese Korruption intensiviert sich kraft einer intensiven und genialen Phantasie noch dadurch, daß eine seidenglatte Oberfläche des Luxus und sogar eine furchtbare Form von Behaglichkeit hinzutritt. »Purpurne Kissen, wo das Lampenlicht sich räkelt« – das ist im Geist seines Bruders Baudelaire, der von *divans profonds comme les tombeaux* schrieb. Dieser dunkle Luxus hat etwas fast Verflüssigtes an sich.

Seine schlaffe Weiche scheint um so deutlicher aufzuzeigen, wie alle diese Dinge von uns weggesogen werden, hinab in einen schleichenden Mahlstrom, der eher einem langsam wirbelnden Sumpf gleicht. Das ist die Atmosphäre von Edgar Allan Poe; ein üppig verrottender Zerfall mit etwas narkotisch Lastendem in der Atemluft. Es ist überflüssig, weiter zu beschreiben, was sich so dunkel und großartig selbst beschrieben hat. Aber vielleicht wäre es die kürzeste und beste Beschreibung dieser künstlerischen Begabung, wenn ich sage: Jene von Stevenson ist ihr exaktes Gegenteil.

Das erste, was an Stevensons Bildlichkeit hervortritt, ist der Umstand, daß alle seine Bilder in sehr markantem Umriß dastehen; sie bestehen sozusagen nur aus scharfen Rändern. Etwas in ihm zog diesen Autor stets zum abrupten und eckigen Schwarz des Holzschnitts hin. Man sieht das von Anfang an – in der Art und Weise, wie seine Figuren aus dem achtzehnten Jahrhundert gegen den Horizont stehen mit ihren Säbeln und Dreispitzen. Die Wörter selbst haben diesen Klang und diesen Sinn. Es ist, als seien sie mit Säbeln ausgehackt – wie jener unvergeßliche Holzkeil, den die Klinge von Billy Bones aus dem hölzernen Wirtshausschild des »Admiral Benbow« heraushieb. Diese scharfe Einkerbung des hölzernen Vierecks bleibt als eine Art symbolischer Form stehen, in der sich Stevensons literarischer Angriffsstil ausdrückt. Und wenn mir alle Farben verblaßten und die Szenerie all dieses romantischen Abenteuers ins Dunkel versinken würde, dann, glaube ich, sähe ich noch als allerletzte Gestalt das schwarze Holzschild mit dem einen herausgehauenen Stück vor mir. Es ist nicht nur ein Wortspiel, wenn ich sage: Dies ist der beste von allen Holzschnitten. Für gewöhnlich aber ist die Szenerie Stevensons das genaue Gegenteil der Dunkelheit, und gewiß der größte Gegensatz zu allem Unbestimmten. Wie man all seine Formen am besten als scharf umrissen beschreibt, so ist all seine Farbe hell und leuchtend. Deshalb zeigen sich diese Figuren so oft vor dem Meer. Wer schon einmal an der See war, der hat gesehen, wie scharf und bunt, fast wie farbige Karikaturen, die gewöhnlichsten Figuren erscheinen, sobald sie im Profil vor dem blauen Hintergrundband der See einhergehen. Man erkennt bei Stevenson auch etwas von dem harschen Licht, das voll und hell auf Schiffe und Küsten fällt, und natürlich noch mehr von einer bestimmten salzigen und scharfen Durchsichtigkeit der Luft. An seinen nautischen Gestalten fällt dies besonders auf. Sie bestehen ganz und gar aus ihren Rändern, und sie stehen am Meer, also am Rand der Welt.

Es ist nur eine grob-experimentelle Methode, und doch wird es nützlich sein, wenn der Leser den Versuch macht und sich all die Szenen Stevensons ins Gedächtnis zurückruft, die ihm am leichtesten einfallen – und dieses Helle, Harte in Gestalt und Färbung studiert. Es wird ihm dann um so merkwürdiger erscheinen, daß jener Ornithologe je den Raben Poes mit dem Papagei von Long John Silver verwechseln konnte. Der Papagei war kaum vertrauenerweckender, aber er kam aus den Ländern des grellen Gefieders und der blauen Himmel, während der andere Vogel nur ein Schatten war, der die Dunkelheit noch dunkler machte. (Es verlohnt sich durchaus, darauf hinzuweisen, daß in dem Vogelbauer, den die moderneren Piraten des *Wrecker* mit sich herumtragen, ein Kanarienvogel sitzt.) Man muß sich das ganz besonders in den Fällen klarmachen, da Stevenson sich mit Gegenständen befaßt, die viele seiner Zeitgenossen als schattenhaft oder unergründlich geheimnisvoll behandelten – etwa das schottische Hochland und all die verschollenen Königreiche der Kelten. Stevensons Hochlandgeschichten haben alles Schottische, nur nicht den schottischen Nebel. Zu jener Zeit – und selbst schon vorher – behandelten Autoren aus der Schule von Fiona Macleod diese Völker ganz und gar als die »Kinder des Nebels«. Auf den Bergen von Stevenson liegt aber sehr wenig Dunst. Vom vielberufenen »keltischen Dämmer« hängt nichts um seine keltischen Gestalten. Alan Breck Stewart wünschte sich keinen zarten Nebelschleier, um seine blinkenden Silberknöpfe oder seinen leuchtend blauen französischen Rock einzuhüllen. Es stand kaum eine Wolke am Himmel an jenem verhängnisvollen Tag, als Glenure im Sonnenschein tot hinstürzte, und er hatte nicht umsonst rotes Haar. Stevenson läßt es sich sogar angelegen sein, zu erwähnen, daß der Diener hinter ihm ein Netz Zitronen am Sattelknopf hängen hatte: Denn Zitronen haben ein leuchtendes Gelb. Die Verfertigung eines solchen Bildes mag gar nicht bewußt vonstatten gehen, aber es ist trotzdem charakteristisch. Natürlich meine ich nicht buchstäblich, daß alle Szenen in allen seinen Romanen eine und dieselbe Farbigkeit haben oder sich zur selben Tageszeit ereignen. Es gibt Ausnahmen – aber selbst diese bestätigen im allgemeinen die Regel. Die Erzählung *Ein Nachtquartier* spielt (was nicht überraschen kann) in der Dunkelheit. Doch selbst in diesem Alptraum einer mittelalterlichen Winternacht in Paris ist das innere Auge mehr mit dem Weiß des Schnees angefüllt als mit dem Schwarz des Dunkels. Gegen den Schnee sehen wir sie, diese flammenden mittelalterlichen Figuren, und insbesondere jenen denkwürdigen Mann, der (wie Campbell von Glenure) kein Recht hatte, rotes Haar zu haben, wo er doch tot war. Dieses Haar ist wie ein scharlachner Spritzer von Blut, das nach Rache schreit – doch ich bezweifle, daß es jenem dem Untergang geweihten Mann in Poes Gedicht auch nur zu Lebzeiten gestattet gewesen wäre, rotes Haar zu tragen. Es wäre natürlich leicht, diverse Nachtszenen im Werk von Stevenson zusammenzustellen – aber es wäre nie die Nacht, die ewig über den Werken Poes brütet. Man könnte zum Beispiel sagen, daß sich in allen Geschichten Stevensons kaum eine eindrücklichere oder typischere Szene findet als die des mitternächtlichen Duells in *Der Junker von Ballantrae*. Auch hier aber bestätigt die Ausnahme die Regel: die Beschreibung betont hier nicht das Dunkel der Nacht, sondern die Bitternis des Winters, das »windlose Zerren des Frosts«, die Kerzen, die aufrecht dastehen wie die Degenklingen, die Kerzenflammen, die fast so kalt scheinen wie die Sterne. Ich habe vom Doppelsinn des Holzschnitts gesprochen – hier haben wir gewiß im selben Sinne einen Stahlstich vor uns. Eine stählerne Kälte hält dieses metallisch klirrende Widerspiel strack und gerade: und dies nicht nur materiell, sondern moralisch. Das Haus

Durrisdeer fällt nicht wie das Haus Usher. Die mörderische Szene hat trotz allem etwas Klares, Aufrechtes, Sauberes, und allem zum Trotz reinigt der weiße Reif die Flammen wie in einer Art Lichtmeß. Hier aber geht es darum, daß die Tat zwar in der Nacht geschah, daß wir aber nicht empfinden: im Dunkeln. Die Szene hat eine Präzision und ein so betontes Detail, wie sie ganz und gar dem Tag angehören. Hier scheint es nun tatsächlich, als hätten diese beiden so seltsam in Bezug gesetzten Autoren sich schon vorab zur Widerlegung des Kritikers verschworen, der sie vergleicht – wenn etwa Poes idealer Detektiv es vorzieht, im Dunkeln zu denken, und tagsüber die Läden schließen läßt. Dupin holt das äußere Dunkel in die Stube, während Durie das Kerzenlicht in den Wald trägt.

Diese Bilder sind keine Capricen, keine Zufälle – ihr Geist durchwirkt die ganze Szenerie. Derselbe Vorgang zeigt zum Beispiel wieder die Liebe des Verfassers zu den scharfen Kanten und zum Zerschneiden oder Durchbohren. Es ist wunderbar typisch, daß er Mrs. Durie den Degen bis zum Griff in den gefrorenen Boden bohren läßt. Es stimmt schon, daß Stevenson später dann (vielleicht eingedenk des melancholisch prüfenden Blicks von William Archer und den empfindsamen Realisten) dieses Detail zurückgenommen hat – als »eine Übertreibung, die selbst Victor Hugo aus der Fassung bringen könnte«. Es ist aber viel bedeutsamer, daß sie Stevenson selbst damals nicht aus der Fassung brachte. Es ist genau die entscheidende Geste all seiner Werke, daß die scharfe Klinge den starren Staub zerteilen soll. Das war auch in manch anderem Sinne wahr – ich denke an den sterblichen Staub und das Schwert des Geistes. Ich spreche hier aber von der Gebärde des vollendeten Handwerkers – einer Gebärde wie die eines Mannes, der ins Holz schneidet. Dieser Autor hatte seine Lust daran, einen sauberen Schnitt zu führen. Jeder Mord, den er beging, war eine saubere Arbeit.

Woher kam ihm dieser Geist, und wie begann seine Geschichte? Das ist die rechte Art, die Geschichte Stevensons zu beginnen. Wenn ich jetzt sage: alles fing damit an, daß Stevenson Figuren aus

Pappe ausschnitt, dann mag dies wie eine Parodie der pedantischen Phantastereien über Kinderpsychologie und frühe Pädagogik klingen. Aber vielleicht ist es doch besser, ich gehe das fürchterliche Risiko ein, daß man mich für einen fortschrittlichen Erzieher hält, als die allzuvertrauten Phrasen zu wiederholen, derentwegen der Bewunderer Stevensons als sentimental verrufen ist. Man hat in diesem Zusammenhang allzuviel von der Seele des Kindes und vom Peter Pan von Samoa geschwärmt. Allzuviel – nicht weil dies alles unwahr wäre, sondern weil es falsch ist, eine Wahrheit so oft auszusprechen, daß sie ihre Frische verliert. Besonders wenn es um die Wahrheit geht, wie man sich frisch erhält. Viele sind es wohl müde, davon zu hören, aber sie wären nie müde, es zu sein. Ich habe mich deshalb dem Thema auf einem Umweg genähert – ja, auf einem Weg, der rückwärts läuft. Anstatt zuerst vom Kindermädchen Cummy und den Kinderzimmeranekdoten über Master Louis zu sprechen (und damit vielleicht eine wirklich anmutige Figur durch bloße Wiederholung lächerlich zu machen, jedenfalls in den Augen einer Menge von Leuten, die viel weniger wert sind), habe ich versucht, zuerst das eigene Maß seiner Werke zu fixieren – und dann zu demonstrieren, daß dieses sich tatsächlich auf eine ganz besondere Weise von seiner Kindheit herleitet. Und daß es nicht sentimental, nicht sinnlos, nicht irrelevant ist, dies zu sagen.

Wenn wir also fragen: Wo beginnt die Geschichte Stevensons wirklich? Wo haben sein besonderer Stil, sein besonderer Geist ihren Ursprung, woher stammen sie? Woher hat er das bekommen – jedenfalls anfänglich –, was ihn von seinem Nachbarn unterscheidet? – dann zweifle ich nicht an der Antwort. Er hat das von dem geheimnisvollen Mr. Skelt, dem Verleger des papiernen Spielzeugtheaters, das von allen Spielsachen die stärkste Magie auf den Geist ausübt. Oder besser gesagt: er hat es natürlich von der Art und Weise, wie sein eigenes Temperament und Talent das Wesen dieses Spiels sich aneigneten. Das hat er alles in einem hervorragenden Essay dargelegt und in zumindest einem genuin autobiographischen

 Satz: »Was ist die Welt, was sind Mensch und Leben als das, wozu mein Skelt sie gemacht hat?« Das psychologisch Interessante ist hier nun doch etwas Besonderes, das sich nicht in Gemeinplätzen über die Phantasietätigkeit des Kindes erschöpft. Es geht nicht lediglich um das Kinderspiel schlechthin – es geht um ein bestimmtes Spielzeug und um eine besondere Begabung. In Edinburgh Kulissen für das Papiertheater zu kaufen, das war nicht ganz dasselbe wie in London in die wirklichen Theater zu gehen. In dem kleinen Pappdrama mochte etwas von der Zauberpantomime stecken, aber es gab kein kunstvoll verschwimmendes Bild. Der scharfe Umriß von allem, so schön beschworen in seinem eigenen Essay, die harte Anmut der Heldin, die Knollenformen der Vegetation, die Wolken, steif aufgerollt wie Polsterkissen – diese Dinge bedeuteten der Seele Stevensons gerade deshalb etwas, weil sie so eine aufgeschwellte Solidität hatten, solch ein eckiges Auftrumpfen. Und es ist kaum übertrieben, wenn ich sage: Er verbrachte sein Leben damit, die Welt das zu lehren, was er hier gelernt hatte. Was er hier lernte, war sehr viel mehr, als je zuvor jemand von diesen Gegenständen gelernt hatte – und eben dies ist seine Lehre und seine Qualifikation als Lehrer. Bis zum Ende führte er seine Moral in einer Reihe von moralischen Emblemen vor, die etwas mit jenen definitiven Umrissen und herausfordernden Posen gemeinsam hatten. Und dafür gab es nie einen anderen Namen als den, den er selbst geprägt hatte: Skelterei.

Weil er es liebte, in solcher Optik zu sehen und in solchen Begriffen zu denken, sind all seine instinktiven Bilder klar und nicht wolkig; deshalb liebte er einen fröhlichen Fleckenteppich von Farben mit seiner Zickzack-Energie bewegter Handlung, schnell wie der krumme Blitz. Er liebte es, wenn sich die Dinge scharf abhoben – wenn sie hervorstachen wie der Griff eines Säbels oder eine Feder an einem Hut. Er liebte das Muster gekreuzter Degenklingen; fast liebte er das Muster des Galgens, weil der Galgen eine klare Form hat wie das Kreuz. Und entscheidend ist, daß ein derartiges Muster auch durch alle seine reiferen oder komplexeren Texte hindurchläuft oder unter ihnen einher – und es geht auch in den Augenblicken nicht verloren, da Stevenson wirklich tragisch oder (was schlimmer ist) realistisch ist. Selbst wenn er als Mann trauert, freut er sich doch als Kind. Die Männer im schmutzigen Elend von *The Ebb-Tide*, die in ihren Taucherhelmen wie Ungeheuer aussehen, wirken trotz allem wie die Masken von Pantomimenkobolden gegen den leuchtenden Azur. Und James Durie steht ebenso klar – man könnte sagen: ebenso leuchtendhell – in seinem schwarzen Rock da wie Alan Breck in seinem blauen.

Wenn man derart ein Spielzeug als Form oder Symbol nimmt, könnte man sagen, daß Stevenson in seinem Papiertheater wohnte. Gewiß wohnte er auch in ganz ungewöhnlich intensivem Sinne in seinem Elternhaus – die meiste Zeit, denke ich mir, in seinem eigenen Zimmer. Hier taucht früh in seinem Leben jenes andere Element auf, das ihm dies Leben verdunkeln sollte, oft beinahe mit dem Schatten des Todes. Ich weiß nicht, wie weit sich dieser Schatten manchmal auf der Wand des Kinderzimmers nachzeichnen ließ. Aber es steht fest, daß Stevenson ein relativ zartes oder kränkliches Kind war – und sich deshalb mehr auf das Innenleben der Phantasie verwiesen sah als ein robusterer Knabe. Die Welt in seinem Elternhaus war weitgehend seine eigene – ja, sie war eine Welt seiner Phantasie, ein Ort, wo nicht so sehr das Kaminfeuer von Bedeutung war als die Bilder, die er darin erblickte. Die Welt außerhalb seines Hauses war etwas sehr anderes selbst für die Menschen, die sein häusliches Leben teilten, und das ist ein Kontrast, auf den ich noch eingehen werde, wenn wir zur Krise seiner Jugend kommen. Hier reicht es, den paradoxen Sachverhalt anzumerken, daß er in gewissem Maße durch sein Familienleben vor der Last der Familientraditionen beschützt wurde. Die Familie errichtete ihre Leuchttürme nicht im Gartenteich, und sie brachte den Kirchengrimm nicht oft ins Kinderzimmer. Stevenson hat erzählt, wie sein strenger kalvinistischer Großvater dort die wilden arabischen Märchen duldete, die er von der Kanzel herab sehr wohl verdammt haben mag. So, wie das

Haus in Edinburgh den Jungen vor den Winterwinden Edinburghs beschützte, so behütete es ihn ein wenig vor den eisigen Böen des Puritanismus, die im öffentlichen Leben so mächtig stürmten. Vielleicht war er ein krankes Kind, vielleicht ein verwöhntes – aber an den Umstand, daß man ihn weitgehend mit seinen Tagträumen allein ließ, daß er in jenem Haus im Hause wohnte, welches das Papiertheater verkörpert, an den sollte man sich erinnern, denn er bedeutet später einmal viel.

Über dieses Thema – das sogenannte Kind in Stevenson – ist, wie ich eingeräumt habe, viel zu viel geredet, aber andererseits viel zu wenig nachgedacht worden. Die Sache ist sehr real – und sie bleibt ein bedeutendes Problem für die Vernunft, von der modernen Welt noch ganz ungelöst, auch und gerade, wenn ungeheuer viel darüber geredet wird. Wir besitzen eine Menge von Zeugnissen ganz verschiedener Menschen, von Traherne bis Hazlitt, von Wordsworth bis Thackeray, welche die psychologische Tatsache belegen, daß das Kind Freuden erlebt, die noch in der Erinnerung glühen wie Juwelen. Keine der normalen naturalistischen Erklärungen kann diese natürliche Tatsache erklären – und gelegentlich hat man auch gemeint, es handle sich um eine übernatürliche Tatsache. Im gewöhnlichen Sinn der Bewußtseinsentwicklung gibt es ebensowenig einen Grund, daß das Kind besser sein sollte als der Erwachsene, wie dafür, daß die Kaulquappe besser ist als der Frosch. Und die Versuche, die Frage im Sinne körperlicher Entwicklung zu erklären, sind noch schwächer. Wir finden ein gutes Beispiel für diese Schwäche in einem der Essays von Stevenson selbst, der natürlich jenen besonderen modernen Augenblick miterlebte, als der Darwinismus eine neue, erregende Mode war. Und wie er nun von dem alten kalvinistischen Geistlichen erzählt, der ihm gestand, daß der prächtige Zauber der Märchen aus Tausendundeiner Nacht Macht über ihn habe, da äußert er die Vermutung, im Hirn dieses Theologen finde sich eben noch immer der hüpfende Affe, der Vorfahr des Menschen, »wahrscheinlich ein Baumbewohner«. Die Zuverlässigkeit derartiger Wissenschaft ist, wenn ich das bemerken darf, dadurch gekennzeichnet, daß die Anthropologen mittlerweile sagen: Er war kein Baumbewohner. So oder so fällt es schwer, zu begreifen, weshalb sich jemand nach der Vielfalt labyrinthischer Städte sehnen oder sich wünschen sollte, mit den juwelenbedeckten Kohorten arabischer Fürsten einherzureiten, bloß weil sein Anverwandter vor Zeiten ein haariger Affe war, der sich bärengleich zum Wipfel eines verzweigten Pfahles emporhangelte. Das erinnert an die glorreiche Entschuldigung, die Stevenson einmal dafür abgibt, daß er erwartet hatte, ein reicher Mann müsse zwangsläufig ein Mitglied des Kuratoriums der Christ's-Hospital-Schule kennen: »Ein Mann mit einem Schnupfen kennt nicht zwangsläufig einen Rattenfänger – und ebenso eng ist die Beziehung hier, wie mein beschämter und erwachter Verstand jetzt einsieht.«

Die Beziehung zwischen der expansiven Energie des jungen Affen und den geheimen Tagträumen des kleinen Kindes ist ebenso plausibel. Tatsächlich ist jene Lebensphase, da ein Junge am meisten von der Energie eines Affen hat, eine andere als die, da das Kind voll steckt von den Phantasiefreuden eines Dichters. Letztere begegnen immer in einer weniger robusten Lebensperiode; sehr oft begegnen sie einem weniger robusten Menschen. Das war ganz besonders und in denkwürdiger Weise bei Stevenson der Fall, und es ist absurd, die innere Intensität eines ans Zimmer gefesselten Kindes durch den körperlichen Überschwang eines Jungen im Flegelalter erklären zu wollen. Stevenson hatte vielleicht trotz all der Vorzüge seiner Benachteiligung auch einen Lebensabschnitt, wo er ein kleiner Flegel war. Aber diese unbehagliche Periode war nicht die, da die bunten Bilder seines Inneren am klarsten waren – viel klarer standen sie später im Alter der Selbstzucht da und vorher im Alter der Unschuld. Die Hauptsache, um die es hier geht, ist diese: Es waren bunte Bilder einer ganz besonderen Art. Die Farben verblaßten, aber die Formen blieben irgendwie fixiert – obwohl sie sich langsam im Licht des Alltags entfärbten, glühten doch, sobald die Zauberlampe wieder von innen erleuchtet wurde, dieselben Laterna-Magica-Plättchen auf der leeren Leinwand auf. Es waren immer noch Bilder von Piraten und rotem Gold und gleißend blauem Meer wie in seiner Kindheit. Und dieser Umstand ist in der Geschichte seines Geistes sehr wichtig – wie wir sehen werden, wenn sein Geist sich wieder zu ihnen zurückwendet. Denn es sollte eine Zeit kommen, da er tatsächlich wie Jim Hawkins von einem grinsenden Verbrecher mit Krücke und Säbel vor einem Schicksal, schlimmer als der Tod, gerettet werden sollte und vor Männern schlimmer als Long John Silver – vor der letzten Phase des aufgeklärten neunzehnten Jahrhunderts und den führenden Denkern des Zeitalters.

MORAL DES MÄRCHENREICHES

Wenn der Geschäftsmann den Idealismus seines Laufburschen tadelt, geschieht dies gewöhnlich in einer Suada à la »Ach, ja, wenn man jung ist, hat man all diese abstrakten Ideale und baut sich seine Luftschlösser, aber in mittleren Jahren verweht das ganze Gewölk und man findet zum Glauben an die praktische Politik. Man benutzt, was man zur Verfügung hat, und nimmt die Welt, wie sie ist.« So jedenfalls pflegten hochgeachtete und philanthropisch gesinnte alte Herren, die heute in ihren ehrwürdigen Gräbern ruhen, mit mir zu reden, als ich ein Junge war. Seither aber bin ich erwachsen geworden und habe festgestellt, daß diese alten Philanthropen nur Lügen erzählt haben. Was wirklich geschah, war das genaue Gegenteil dessen, was sie vorhergesagt haben. Sie sagten, ich würde meine Ideale verlieren und anfangen, an die Methoden der praktisch gesinnten Politiker zu glauben. Ich habe aber meine Ideale nicht im mindesten verloren; mein Glaube an gewisse grundsätzliche Dinge ist noch genau derselbe, der er schon früher war. Was ich verloren habe, das ist mein Kinderglaube an die praktische Politik. Ich mache mir immer noch viele Gedanken über die Schlacht von Armageddon – was mich weniger beschäftigt, sind die nächsten Wahlen. (Als Kind auf den Knien meiner Mutter sprang ich begeistert in die Höhe, wenn man diese auch nur erwähnte.) Nein, die Vision ist immer etwas Solides und Verläßliches. Die Vision ist stets Tatsache. Die Wirklichkeit ist oft ein Trug. Ebensosehr wie einst – mehr noch als einst – glaube ich an den Liberalismus. Doch gab es einst eine rosige Unschuldszeit, da glaubte ich noch an die Liberalen.

Ich wähle dieses Beispiel für meine unerschütterten Glaubenssätze, weil es – nun, da ich den Wurzeln meines ganz persönlichen spekulativen Ansatzes nachzugehen habe – wohl als meine einzige positive Voreingenommenheit gelten kann. Ich bin als Liberaler erzogen worden und habe immer an Demokratie geglaubt, an die elementare liberale Doktrin einer sich selbst regierenden Menschheit. Sollte das Wort »Demokratie« wie eine diffuse oder abgenutzte Phrase wirken, dann muß ich einen Moment innehalten und erklären, daß das Prinzip der Demokratie, wie ich es verstehe, in zwei Grundsätzen formuliert werden kann. Der erste lautet: die Dinge, die allen Menschen gemeinsam sind, sind wichtiger als jene, die verschiedenen Menschen eigentümlich sind. Gewöhnliche Dinge sind wertvoller als ungewöhnliche Dinge – sie sind sogar ungewöhnlicher. Der Mensch ist etwas Ehrfurchtgebietenderes als die Menschen, etwas Merkwürdigeres. Die Empfindung des Wunders von Menschheit schlechthin sollte immer stärker in uns sein als das Erstaunen vor irgendwelchen besonderen Wundern der Kraft, des Intellekts, der Kunst oder Zivilisation. Der Mensch auf seinen zwei Beinen sollte per se herzzerreißender sein denn jegliche Musik und überraschender als jede Karikatur. Daß es den Tod gibt, ist noch tragischer, als daß Menschen verhungern. Die Nase ist komischer als die Stupsnase.

Das ist das erste Prinzip der Demokratie: daß die wesentlichen Dinge an den Menschen die sind, welche sie gemeinsam haben, nicht jene, die sie für sich haben. Und das zweite Prinzip besteht lediglich darin: daß der politische Instinkt oder das politische Begehren eines der Dinge ist, welche alle Menschen gemeinsam haben.

 Sich zu verlieben ist poetischer als Verse machen. Die Demokratie setzt voraus, daß das Regieren (die Mitherrschaft über den Stamm) so etwas ist wie das Sich-Verlieben und nicht so etwas wie das Verseschmieden. Regieren kann man nicht in Analogie zum Orgelspiel sehen oder zur Miniaturmalerei, zur Entdeckung des Nordpols (dieser verbreiteten Gewohnheit), zur Kunstfliegerei oder zur Tätigkeit des Königlichen Astronomen. Diese Dinge wünschen wir nur dann durchgeführt zu sehen, wenn jemand sie hervorragend beherrscht. Das Regieren ist vielmehr analog zum Schreiben von Liebesbriefen oder zum Putzen der Nase. Hier wünschen wir, daß es ein jeder selbst macht, auch wenn er es nur schlecht beherrscht. Ich will hier nicht die Wahrheit dieser Prinzipien argumentativ begründen – ich weiß ja, daß manche Modernen sich ihre Frauen von Wissenschaftlern auswählen lassen wollen, und möglicherweise werden sie auch bald verlangen, daß ihnen Spezialisten die Nasen schneuzen. Ich sage hier nur, daß die Menschheit universelle menschliche Funktionen anerkennt und daß die Demokratie dazu das Regieren rechnet. Kurz, der demokratische Glaube ist es, daß die Dinge von ganz besonderer, von entsetzlicher Wichtigkeit den ganz gewöhnlichen Menschen selbst überlassen werden müssen – die Paarung der Geschlechter, die Erziehung der Kinder, die Gesetze des Staates. Das ist Demokratie, und daran habe ich immer geglaubt.

Aber es gibt eines, was ich von Jugend an nie begriffen habe. Es war mir unbegreiflich, woher die Leute die Idee haben, daß die Demokratie sich irgendwie im Gegensatz zur Tradition befindet. Es ist ganz offensichtlich, daß Tradition nichts anderes ist als auf die Vergangenheit erstreckte Demokratie. Man vertraut einem Konsensus gewöhnlicher menschlicher Stimmen anstatt einem vereinzelten oder willkürlichen Zeugnis. Wer einen deutschen Historiker wider die Tradition der katholischen Kirche zitiert, appelliert strikt genommen an das aristokratische Prinzip. Er beruft sich auf die Überlegenheit eines Experten gegen die ungeheure Autorität eines Pöbels. Man erkennt leicht, weshalb eine Legende mit größerem Respekt behandelt wird (und behandelt werden sollte) als ein Geschichtsbuch. Die Legende stammt gewöhnlich von der Mehrheit der Leute im Dorf, die bei Vernunft sind. Das Buch wird gewöhnlich von dem einen Mann im Dorf verfaßt, der verrückt ist. Wer gegen die Tradition einwendet, daß die Menschen in der Vergangenheit Ignoranten waren, sollte das im Carlton Club vorbringen (und kann dort natürlich auch hinzufügen, daß die Wähler in den Slums Ignoranten sind). Für uns taugt das nicht. Wenn wir der Meinung gewöhnlicher Menschen mit großer Einhelligkeit Bedeutung beimessen, sobald wir es mit unseren aktuellen Alltagsproblemen zu tun haben, dann gibt es keinen Grund, weshalb wir sie außer acht lassen sollten, wenn es um die Geschichte oder die Sage geht. Tradition läßt sich als Erweiterung des Wahlrechts beschreiben. Tradition heißt, der obskursten aller Gesellschaftsklassen das Stimmrecht zu verleihen – unseren Vorfahren. Tradition ist die Demokratie der Toten. Sie lehnt es ab, sich der kleinen, arroganten Oligarchie derer zu unterwerfen, die zufällig zu einem bestimmten Zeitpunkt herumlaufen. Alle Demokraten sind dagegen, daß man irgendwelche Menschen wegen des Zufalls ihrer Geburt von etwas ausschließt – die Tradition lehnt es ab, sie wegen der Zufälligkeit ihres Todes auszuschließen. Die Demokratie lehrt uns, die Meinung eines anständigen Mannes nicht gering zu achten, und wenn es unser Stallknecht ist; die Tradition fordert uns auf, die Meinung eines anständigen Mannes nicht zu verachten, auch wenn er unser Vater ist. Ich jedenfalls vermag die Ideen der Demokratie und der Tradition nicht voneinander zu trennen; es scheint offensichtlich, daß es sich um ein und dieselbe Idee handelt. Wir wollen die Toten bei unseren Beratungen dabeihaben. Die alten Griechen stimmten mit Steinen ab, die Toten werden mit ihren Grabsteinen wählen. Das geschieht alles ganz regulär und ordentlich, denn die meisten Grabsteine sind wie die meisten Stimmzettel mit einem Kreuz bezeichnet.

Ich muß also damit beginnen: Wenn ich voreingenommen war, dann immer zugunsten der Demokratie und insofern zugunsten der

Tradition. Ehe wir zu irgendwelchen theoretischen oder logischen Anfängen kommen, bin ich's zufrieden, es bei dieser persönlichen Gleichsetzung zu belassen; ich war stets eher geneigt, den Massen der hart arbeitenden Leute zu glauben als der speziellen quertreiberischen literarischen Kaste, der ich angehöre. Ich ziehe sogar die Phantasien oder Vorurteile der Menschen, die das Leben von innen sehen, den klarsten Beweisführungen jener Leute vor, die es von außen betrachten. Ich würde immer den Altweibergeschichten eher glauben als den Altjungfernfakten. Der Witz muß nur Mutterwitz sein, dann kann er so phantastisch sein, wie er mag.

Ich muß nun einen allgemeinen Standpunkt, eine umfassende Perspektive darlegen, und ich kann nicht behaupten, daß ich hierzu besonders geschult wäre. Ich will es deshalb so machen, daß ich, eine nach der anderen, die drei oder vier fundamentalen Ideen niederschreibe, auf die ich selbst gekommen bin, mehr oder weniger so, wie ich sie entdeckt habe. Dann werde ich sie zu einer großen Synthese zusammenfassen, die meine persönliche Philosophie oder meine natürliche Religion umreißt, und schließlich meine verblüffende Entdeckung erläutern, daß all das schon einmal entdeckt worden war. Das Christentum hatte die Entdeckung gemacht. Unter diesen tiefen Überzeugungen aber, die ich nun der Reihe nach schildern muß, bezog sich die früheste auf jenes Element der volkstümlichen Tradition. Und ohne die vorhergegangene Erklärung des Zusammenhangs von Tradition und Demokratie könnte ich meine eigene geistige Erfahrung kaum verständlich machen. Ich weiß natürlich auch jetzt nicht, ob ich sie wirklich verständlich machen kann, aber ich will es nun versuchen.

Meine erste und letzte Philosophie, das, woran ich mit unerschütterter Gewißheit glaube, habe ich im Kinderzimmer gelernt. Vorwiegend von einem Kindermädchen, was heißt, von der erhabenen und von den Schicksalsgestirnen eingesetzten Hohepriesterin der Demokratie und der Tradition zugleich. Die Dinge, an welche ich damals am stärksten glaubte, die Dinge, die ich heute am stärksten glaube – es sind die Dinge, welche man Märchen nennt. In ihnen sehe ich das vollkommen Vernünftige. Es sind keine Phantastereien; verglichen mit ihnen sind alle anderen Dinge phantastisch. Verglichen mit ihnen sind sowohl die Religion wie die Rationalität anomal, wenn auch die Religion anomal recht und der Rationalismus anomal unrichtig ist. Das Märchenreich ist nichts anderes als das Sonnenland des gesunden Menschenverstandes. So, wie nicht die Erde über den Himmel zu richten hat, sondern der Himmel über die Erde, so galt zumindest für mich, daß nicht die Erde das Märchenland zu kritisieren hat, sondern daß dem Märchenland die Kritik der Erde zufällt. Ich kannte die zauberische Bohnenranke, noch ehe ich wußte, wie Bohnen schmecken; ich war mir des Mannes im Mond gewiß, ehe ich mir des Mondes ganz sicher war. Das war in vollkommenem Einklang mit der volkstümlichen Tradition. Die modernen Naturlyriker sind poetae minores und reden vom Busch und vom Bach, aber die Sänger der alten Epen und Sagen waren Vertreter einer Dichtung des Übernatürlichen und sprachen von den Göttern von Bach und Busch. Das ist gemeint, wenn die Modernen sagen, die Alten hätten »die Natur nicht zu schätzen gewußt«, weil sie nämlich sagten, die Natur sei göttlich. Alte Kindermärchen erzählen den Kindern nichts vom Gras, sondern von den Elfen, die im Grase tanzen, und die alten Griechen sahen den Wald vor Dryaden nicht.

Aber mir geht es hier um das Ethos und die Philosophie, die man aufnimmt, wenn man mit Märchen genährt wird. Wollte ich sie detailliert beschreiben, könnte ich viele noble und gesunde Prinzipien anführen, die sich aus den Märchen ergeben. Da ist die ritterliche Lektion aus »Jack der Riesentöter«: daß man Riesen töten sollte, weil sie riesenhaft sind. Das ist eine männliche Meuterei gegen den Stolz als solchen. Denn der Rebell ist älter als alle Königreiche, und der Jakobiner hat mehr Tradition als der Royalist. Es gibt die Lektion von »Aschenbrödel«, die dieselbe ist wie die des Magnificat: *exaltavit humiles*. Es gibt die bedeutsame Lektion von »La Belle et la Bête«: daß man ein Ding lieben muß, ehe es liebenswert ist. Es gibt die schreckliche Allegorie von »Schneewittchen«, die uns erzählt, wie das Menschenwesen bei der Geburt mit allen guten Gaben bedacht wurde, zu denen dann jedoch der Fluch des Todes trat – und wie auch der Tod vielleicht zu einem Schlaf gemildert werden mag. Doch geht es mir gar nicht um die verschiedenen einzelnen Statuten des Märchenreiches, sondern um den Geist seiner Gesetze insgesamt, den ich in mich aufnahm, ehe ich sprechen konnte. Mir geht es um eine bestimmte Weltsicht, die durch die Märchen in mir erschaffen und seither von den bloßen Tatsachen lediglich bescheiden bestätigt worden ist.

Man könnte es folgendermaßen formulieren: Es gibt bestimmte Abfolgen oder Entwicklungen (Fälle, in denen ein Ding nach dem anderen kommt), die im wahrsten Sinne des Wortes vernünftig sind. Sie sind im wahrsten Sinne des Wortes notwendig. Solcherart sind mathematische und logische Folgen. Wir im Märchenreich (die wir die vernünftigsten aller Wesen sind) räumen diese Vernünftigkeit und Notwendigkeit bereitwillig ein. Wenn beispielsweise die häßlichen Schwestern älter sind als Aschenbrödel, dann ist es in einem ehernen und furchtbaren Sinne notwendig, daß Aschenbrödel jünger ist als die häßlichen Schwestern. Darum kommt man nicht herum. Hierzu kann sich Haeckel so fatalistisch äußern, wie er will – es muß in der Tat sein. Wenn Jack der Sohn eines Müllers ist, dann muß ein Müller der Vater von Jack sein. Die kalte Vernunft dekretiert es von ihrem entsetzlichen Throne herab, und wir im Märchenreich unterwerfen uns. Wenn die drei Brüder alle jeweils auf einem Pferd sitzen, ergibt dies eine Summe von sechs Säugetieren und achtzehn Beinen – das ist wahre Rationalität, und davon ist das Märchenland erfüllt. Doch als ich meinen Kopf über die Hecke um den Zaubergarten streckte und anfing, die äußere Welt wahrzunehmen, bemerkte ich etwas höchst Eigenartiges. Ich bemerkte, daß gelehrte Männer mit Brille von den tatsächlichen Geschehnissen – der Morgendämmerung, dem Tod und so weiter – sprachen, als seien diese rational und unvermeidlich. Sie redeten daher, als sei es ebenso notwendigerweise Tatsache, daß Bäume Früchte tragen, wie daß zwei und zwei vier macht. Aber das ist es nicht. Es besteht da nach dem Maßstab des Märchenreiches ein immenser Unterschied – nach dem Maßstab der Vorstellungskraft. Man kann es sich nicht vorstellen, daß zwei und zwei drei ergeben. Doch ist es sehr leicht vorstellbar, daß Bäume keine Früchte tragen – man kann sich vorstellen, sie trügen goldene Kerzenleuchter oder Tiger, die an den Schwänzen im Geäst hängen. Die Bebrillten sprachen viel von einem Mann namens Newton, der von einem fallenden Apfel getroffen wurde und ein Gesetz entdeckte. Aber es war unmöglich, ihnen die Augen zu öffnen für den Unterschied zwischen einem wahren Gesetz, einem Gesetz der Vernunft, und der bloßen Tatsache, daß Äpfel abwärts fallen. Wenn der Apfel Newtons Nase berührte, dann berührte Newtons Nase den Apfel. Das ist eine wahrhafte Notwendigkeit, weil wir uns das eine nicht ohne das andere vorstellen können. Aber die Vorstellung, daß der Apfel ihm gar nicht auf die Nase fällt, ist uns durchaus möglich – unsere Phantasie kann ihn durch die Luft fliegen lassen, so daß er eine andere Nase trifft, die ihn speziell irritiert. Wir haben in unseren Märchen immer diesen klaren Unterschied zwischen der Wissenschaft geistiger Beziehungen, wo es wirklich Gesetze gibt, und der Wissenschaft physischer Tatsachen, wo es keine Gesetze gibt, sondern nichts als eigenartige Wiederholungen. Wir glauben an körperliche Wunder, aber nicht an geistige Unmöglichkeiten. Wir glauben daran, daß eine Bohnenranke in den Himmel wuchs, aber das erschüttert durchaus nicht unsere Überzeugungen hinsichtlich der philosophischen Frage, wie viele Bohnen fünf ergeben.

Hier finden wir die besondere Vollkommenheit des erzählenden Tonfalls und der erzählten Wahrheit in den Märchen. Der Mann der Wissenschaft sagt: »Wenn du den Ast absägst, fällt der Apfel«, aber er sagt es so beiläufig, als führe die eine Idee tatsächlich direkt zu der anderen. Die Hexe im Märchen sagt: »Wenn du ins Horn stößt, fällt die Burg des Riesen«, doch sie sagt es nicht so, als sei das etwas, bei dem die Wirkung ganz offensichtlich aus der Ursache folgt. Zweifellos hat sie diesen Rat schon vielen Helden gegeben und hat viele Burgen fallen sehen, doch hat sie weder ihr Erstaunen noch ihren Verstand verloren. Sie verliert nie den Überblick und glaubt gar am Ende, es gäbe eine notwendige geistige Verbindung zwischen einem Hornstoß und einem einstürzenden Turm. Doch die Männer der Wissenschaft haben so sehr den Überblick verloren, daß sie am Ende glauben, es gäbe diese notwendige geistige Verbindung zwischen einem Apfel, der den Baum verläßt, und einem Apfel, der am Boden ankommt. Sie reden wirklich so, als hätten sie nicht nur eine Reihe wunderbarer Tatsachen herausgefunden, sondern auch eine Wahrheit, welche diese Tatsachen verbindet. Sie reden, als stelle die physische Verbindung zweier seltsamer Objekte auch eine philosophische Verbindung zwischen ihnen her. Weil ein Unbegreifliches immer auf ein bestimmtes anderes Unbegreifliches folgt, haben sie das Gefühl, die beiden zusammen ergäben etwas Begreifbares. Zwei schwarze Rätsel ergeben eine weiße Lösung.

Im Märchenreich vermeiden wir das Wort »Gesetz«, doch im Reich der Wissenschaft ist es außerordentlich beliebt. So nennt man eine interessante Hypothese über die Aussprache der Laute bei verschollenen Völkerschaften das Grimmsche Gesetz. Aber das Grimmsche Gesetz ist von wesentlich geringerer intellektueller Strenge als Grimms Märchen. Die Märchen sind auf jeden Fall zweifelsfrei Märchen, das Gesetz aber ist kein Gesetz. Denn »Gesetz« impliziert, daß wir das Wesen der Verallgemeinerbarkeit erkennen – nicht bloß, daß wir bestimmte Wirkungen bemerkt haben. Wenn es ein Gesetz gibt, daß Taschendiebe ins Gefängnis kommen, dann impliziert das, daß es eine vorstellbare geistige Verbindung zwischen der Idee der Haft und der Idee des Taschendiebstahls gibt. Wir können genau angeben, weshalb wir einem Mann die Freiheit nehmen, der sich gewisse Freiheiten herausgenommen hat. Aber wir können keineswegs mit größerer Bestimmtheit sagen, weshalb aus einem Ei ein Huhn entsteht, als weshalb aus einem Bären ein Prinz wird. Als Ideen sind Ei und Huhn weiter voneinander entfernt als Bär und Prinz, denn kein Ei deutet an sich auf ein Huhn hin, wohingegen gewisse Prinzen schon einem an Bären erinnern. Wenn wir also voraussetzen, daß bestimmte Verwandlungen sich ereignen, dann ist es von entscheidender Bedeutung, daß wir sie in der philosophischen Manier des Märchens auffassen, nicht auf die unphilosophische Weise der Wissenschaft und der »Naturgesetze«. Wenn man uns fragt, warum Eier zu Vögeln werden oder warum die Früchte im Herbst abfallen, müssen wir genau so antworten, wie die gute Fee Aschenbrödel geantwortet hätte, falls diese gefragt hätte, weshalb Mäuse sich in Pferde verwandeln oder weshalb ihr kostbares Gewand um Mitternacht von ihr abfällt. Wir müssen antworten, daß dies zauberisch geschieht. Es ist kein »Gesetz«, denn wir begreifen die allgemeine Formel nicht. Es ist keine Notwendigkeit, denn obwohl wir in der Praxis damit rechnen können, daß es geschieht, sind wir nicht berechtigt, zu sagen, daß es immer geschehen muß. Es ist kein Argument für ein unabänderliches Gesetz (wie Huxley meinte), daß wir mit dem normalen Lauf der Dinge rechnen. Wir rechnen nicht damit – wir wetten darauf. Wir riskieren dabei die entfernte Möglichkeit eines Wunders, so wie wir die eines vergifteten Pfannkuchens oder die eines den Planeten zerstörenden Kometen riskieren. Wir beziehen diese Möglichkeit nicht in unsere alltäglichen Überlegungen ein – nicht, weil sie qua Wunder unmöglich wäre, sondern weil sie als Wunder eine Ausnahme ist. Alle Begriffe der wissenschaftlichen Literatur, »Gesetz«, »Notwendigkeit«, »Ordnung«, »Tendenz« und so weiter, sind im Grunde ohne intellektuelle Strenge gebildet, denn sie setzen einen inneren Zusammenhang voraus, eine Synthese, über die wir gar nicht verfügen. Die einzigen Wörter, die mich als Beschreibungen der Naturvorgänge je befriedigt haben, sind jene, die in den Märchenbüchern angewandt werden – »Zauber«, »Bann«, »Verwunschenheit«. Sie drücken die Willkürlichkeit der Tatsachen und ihr Geheimnis aus. Ein Baum trägt Früchte, weil er ein Zauberbaum ist. Das Wasser läuft bergab, weil es verwunschen ist. Die Sonne scheint, weil sie unter einem Bann steht.

Ich bestreite glatt, daß das phantastisch oder gar mystisch gedacht ist. Wir kommen vielleicht später zu etwas Mystischem, aber diese Märchenweise, von den Dingen zu reden, ist bloß rational und agnostisch. Nur so vermag ich in Worten meine klare, eindeutige Wahrnehmung auszudrücken, daß ein Ding von einem anderen deutlich geschieden ist; daß es keine logische Verbindung zwischen Fliegen und Eierlegen gibt. Der Mann, der von »Gesetzen« spricht, der ist ein Mystiker. Nein, der gewöhnliche Wissenschaftler ist sogar ein Sentimentalist. Er ist sentimental in dem wesentlichen Sinne, daß ihn bloße Ideenassoziationen mitreißen. Er hat so oft Vögel fliegen und Eier legen sehen, daß er empfindet, es müsse eine zarte, träumerische Verbindung zwischen den beiden Ideen geben – die aber gar nicht existiert. Ein verlassener Liebhaber mag den Mond nicht mehr von der Erinnerung an die vergangene Geliebte trennen. In beiden Fällen besteht keine Verbindung außer der, daß man die beiden zusammen gesehen hat. Wer sentimental ist, mag Tränen beim Duft der Apfelblüte vergießen, die ihn auf unergründliche Weise an seine Kinderzeit erinnert. Auf genau diese Weise ist auch der materialistische Professor sentimental (wenn er auch seine Tränen zu verbergen weiß), weil die Apfelblüte ihn auf unergründliche Weise an den Apfel gemahnt. Der kühle Rationalist aus dem Märchenreich sieht nicht ein, weshalb in abstracto der Apfelbaum nicht ebensogut scharlachfarbene Tulpen tragen sollte – es kommt in seinem Lande manchmal vor.

Dieses elementare Staunen ist aber nicht bloß eine Phantasieregung, die wir aus den Märchen haben – im Gegenteil, die ganze Glut der Märchen kommt umgekehrt von dorther. So, wie wir allesamt Liebesgeschichten gerne mögen, weil es ein Geschlechtsbegehren gibt, mögen wir alle auch erstaunliche Geschichten, weil sie den Nerv des alten Triebs berühren, erstaunt sein zu wollen. Das beweist die Tatsache, daß wir als ganz kleine Kinder nicht einmal Märchen brauchen, sondern bloß irgendwelche Berichte. Das Leben selbst ist interessant genug. Ein siebenjähriges Kind ist aufgeregt, wenn es hört, daß Tommy die Tür aufgemacht und einen Drachen gesehen hat. Ein dreijähriges findet es bereits aufregend, daß Tommy die Tür aufgemacht hat. Knaben mögen romantische Geschichten, aber ganz kleine Kinder mögen realistische Geschichten – sie finden sie romantisch. Tatsächlich bilden Kleinkinder wahrscheinlich den einzigen Personenkreis, dem man moderne realistische Romane vorlesen könnte, ohne daß er sich langweilt. Das beweist, daß selbst die Märchen nur Echos eines fast vorgeburtlichen Staunens und Interesses sind. Sie erzählen nur deshalb von goldenen Äpfeln, damit wir noch einmal den vergessenen Augenblick nacherleben können, da wir entdeckten, daß Äpfel grün sind. Sie lassen Bäche voll Wein rinnen, um uns einen berauschenden Moment lang noch einmal erleben zu lassen, daß die Bäche voller Wasser sind. Ich habe gesagt, daß das vollkommen vernünftig und sogar agnostisch gemeint ist. Tatsächlich bin ich in diesem Punkt ganz und gar für den höheren Agnostizismus – sein besserer Name ist Unwissenheit. Wir haben alle in wissenschaftlichen Traktaten (und natürlich in romantischen Romanen) die Geschichte des Mannes gelesen, der seinen Namen vergessen hat. Er geht durch die Straßen und kann alles sehen und richtig wahrnehmen, nur weiß er nicht mehr, wer er ist. Jedermann ist der Mann aus dieser Geschichte. Alle haben vergessen, wer sie sind. Man mag den Kosmos begreifen, nie aber das eigene Ich; das Ich ist ferner als jeder Stern. Du sollst den Herrn, deinen Gott, lieben, doch sollst du dich niemals selbst erkennen. Wir leiden alle an derselben geistigen Kalamität: Wir haben alle unsere Namen vergessen. Wir haben alle vergessen, wer wir wirklich sind. Alles, was wir als gesunden Menschenverstand, Rationalität, praktisches Denken, Positivismus bezeichnen, bedeutet nur, daß wir auf bestimmten toten Ebenen unseres Lebens dieses Vergessen vergessen haben. Alles, was wir Geistigkeit und Kunst und Rausch nennen, heißt nur, daß wir uns einen ungeheuren Augenblick daran erinnern, daß wir es nicht mehr wissen.

Wenn wir aber auch (wie der Mann ohne Gedächtnis im Roman) mit einer Art idiotischer Bewunderung all dessen, was es nicht gibt, über die Straße gehen, so ist es eben doch Bewunderung. Es ist nicht nur Erstaunen, es enthält ein Lobpreisen von etwas Wunderbarem. Das ist der nächste Meilenstein auf dem Weg ins Märchenland, den man deutlich bezeichnen muß. Im nächsten Kapitel wird die Rede von Optimisten und Pessimisten sein, unter ihrem intellektuellen Aspekt, sofern sie einen haben. Hier versuche ich nur, die enormen Gefühle zu beschreiben, die sich der Beschreibung entziehen. Und die stärkste Empfindung war es, daß das Leben ebenso kostbar war wie verwirrend. Es war eine Ekstase, weil es ein Abenteuer war; es war ein Abenteuer, weil es eine Gelegenheit bot. Das Gute am Märchen wurde nicht dadurch beeinträchtigt, daß es vielleicht mehr Drachen enthielt als Prinzessinnen – es war auf jeden Fall gut, sich in einem Märchen zu wissen. Der Prüfstein allen Glücksgefühls ist Dankbarkeit, und ich war dankbar, wußte ich auch kaum, wem ich danken sollte. Kinder sind dankbar, wenn der Weihnachtsmann ihnen Spielzeug oder Süßigkeiten in die Strümpfe steckt – sollte ich nicht dankbar sein, in meinen Strümpfen zwei wundersame Füße zu finden? Wir bedanken uns bei den Leuten, die uns zum Geburtstag Zigarren und Pantoffeln schenken – kann ich niemandem für das Geburtstagsgeschenk meiner Geburt danken?

Das waren also die beiden ersten Gefühle, unerhört und unbestreitbar. Die Welt war ein Schock, doch war sie nicht bloß schokkierend; die Existenz war eine Überraschung, aber eine angenehme. Tatsächlich stecken all meine ersten Überzeugungen eigentlich schon in einem von jenen Kinderrätseln, die Alltagssätze verfremden, einem Rätsel, das mir seit damals in Erinnerung geblieben ist. Die Frage ist: »Was hat der erste Frosch gesagt?«, und die richtige Antwort lautet: »Mein Gott, bin ich jetzt wegen dir hochgesprungen!« Das drückt alles aus, was ich sagen will. Gott schuf den Frosch so, daß er springt, aber der Frosch will eben auch springen. Doch wenn man einmal hier angelangt ist, dann kommt man zum zweiten großen Prinzip der Märchenphilosophie.

Dieses Prinzip kann jeder erkennen, der sich einfach hinsetzt und Grimms Märchen oder die schönen Sammlungen von Andrew Lang liest. Aus reinem Vergnügen an der Pedanterie will ich es die Doktrin der konditionellen Glücklichkeit nennen. Shakespeares Probstein in ›Wie es euch gefällt‹ sagt, es liege »ungemeine Kraft in dem ›Wenn‹« – die Märchenmoral sieht im »Wenn« alle Kraft, ganz und gar. Das Märchen ist immer auf folgenden Ton gestimmt: Du darfst in einem Palast aus Gold und Saphir wohnen, wenn du das Wörtchen »Ochs« nicht aussprichst, oder: Du wirst mit des Königs Tochter herrlich und in Freuden leben, wenn du sie niemals eine Zwiebel sehen läßt. Bei der Vision des Glücks gibt es immer ein Veto. All die ungeheuren, schwindelerregenden Herrlichkeiten, die einem zugestanden werden, hängen ab von einem Ding, das verboten ist. W. B. Yeats beschreibt in seinen makellosen, anrührenden Dichtungen die Elfen als maß- und gesetzlos, sie stürmen in unschuldiger Anarchie auf den zügellosen Pferden der Lüfte dahin und

reiten die Kronen der zerzausten Flut
und tanzen auf den Bergen, Flammen gleich.

Es ist furchtbar, es sagen zu müssen – aber W. B. Yeats hat keine Ahnung vom Elfenreich. Ich spreche es aus. Er ist ein ironischer Ire mit einem intellektuell-politischen Programm. Er ist nicht dumm genug, um das Märchenland zu begreifen. Elfen ziehen Leute vom Dorftrotteltyp vor, wie etwa mich – Menschen, die mit offenem Mund gaffen und grinsen und tun, was man ihnen sagt. Yeats liest ins Elfenreich all den legitimen Aufruhr seiner eigenen Nation hinein. Doch die Gesetzlosigkeit Irlands ist eine christliche Gesetzlosigkeit, sie beruht auf Vernunft und Gerechtigkeit. Der Fenier lehnt sich gegen etwas auf, das er nur allzugut versteht; der wahre Bürger des Märchenlandes aber gehorcht etwas, das er durchaus nicht begreift. Im Märchen beruht ein unbegreifliches Glück auf einer unbegreiflichen Bedingung. Eine Büchse wird geöffnet, und alle Übel der

 Welt kommen heraus. Ein Wort wird vergessen, und Städte gehen unter. Eine Lampe wird entzündet, und die Liebe fliegt davon. Eine Blume wird gebrochen, und Menschenleben sind verfallen. Ein Apfel wird gegessen, und die göttliche Hoffnung ist dahin.

Das ist der Tenor der Märchen, und das bedeutet gewiß keine Gesetzlosigkeit oder gar Freiheit, wenn auch Menschen unter einer schäbigen modernen Tyrannei darin vergleichsweise Freiheit erkennen mögen. Wer gerade aus dem Portland-Gefängnis kommt, könnte die Fleet Street für frei halten, aber bei genauerem Hinsehen zeigt sich, daß Journalisten wie Elfen Sklaven der Pflicht sind. Die gute Fee, die sich mütterlich des armen Aschenbrödels annimmt, ist genauso strikt wie eine gutbürgerliche Mutter. Aschenbrödel bekommt eine Kutsche aus dem Wunderland und einen Kutscher aus dem Nichts, aber sie bekommt auch zur Auflage, daß sie Punkt zwölf wieder daheim sein muß, und das könnte geradewegs aus Brixton sein. Sie hat ferner einen gläsernen Schuh – und es kann kein Zufall sein, daß das Glas eine im Volksmärchen so häufig vorkommende Substanz ist. Diese Prinzessin lebt in einem gläsernen Schloß, jene auf einem Glasberg, diese wieder sieht alle Dinge in einem Spiegel. Alle dürfen sie in Glashäusern wohnen, solange sie keine Steine werfen. Denn in diesem dünnen Funkeln des Glases drückt sich die Tatsache aus, daß das Glück hell glänzt, doch sehr zerbrechlich ist, wie das also, was das Dienstmädchen oder die Katze am ehesten hinunterwerfen. Und auch dieses Märchengefühl senkte sich in mich und wurde zu meiner Empfindung für die ganze Welt. Ich hatte und habe das Gefühl, daß das Leben hell strahlt wie ein Diamant, aber fragil ist wie eine Fensterscheibe, und ich weiß noch, wie ich erschauerte, als die Himmel mit erhaben fruchtbarem Kristall verglichen wurden. Ich hatte Angst, Gott könne den Kosmos krachend fallen lassen.

Man bedenke aber, daß Zerbrechlichsein nicht dasselbe ist wie Vergänglichsein. Wenn man auf ein Glas schlägt, ist es im Augenblick dahin; schlägt man nicht zu, kann es tausend Jahre überdauern.

So, schien es, war das Glück des Menschen, im Märchenland wie auf Erden – das Glück hing davon ab, daß man etwas nicht tat, was man jeden Augenblick tun könnte und bei dem es oft nicht deutlich erkennbar war, weshalb man es eigentlich nicht tun sollte. Der springende Punkt ist nun, daß mir das nicht ungerecht vorkam. Wenn der jüngste Sohn des Müllers zur Fee sagen würde: »Erklärt mir doch, weshalb ich eigentlich im Zauberpalast keinen Kopfstand machen darf«, könnte die Fee erwidern: »Wenn es so ist, dann erkläre du mir doch bitte einmal den Zauberpalast.« Wenn Aschenbrödel sagt: »Warum muß ich denn den Ball um zwölf verlassen?«, kann die gute Fee erwidern: »Warum darfst du denn eigentlich bis zwölf Uhr hingehen?« Wenn ich einem Mann zehn sprechende Elefanten und hundert Flügelpferde hinterlasse, kann er sich nicht beklagen, wenn sich daran Bedingungen knüpfen, die am leicht exzentrischen Charakter der Gabe teilhaben. Er sollte einem geschenkten Pegasus nicht ins Maul schauen. Und mir schien es, daß die Existenz an sich ein so ungeheuer exzentrisches Legat war, daß ich mich nicht beklagen durfte, wenn ich die Begrenzungen der Vision nicht verstand – verstand ich doch die Vision selbst nicht. Das Veto durfte ebenso bizarr sein wie die Vision – verblüffend wie die Sonne, unfaßlich wie das Wasser, phantastisch und furchtbar wie die ragenden Bäume.

Aus diesem Grunde (wir können es das Philosophem der Guten Fee nennen) konnte ich mich nie den jungen Männern meiner Zeit anschließen, die den allgemein verbreiteten Geist der sogenannten Auflehnung vertraten. Ich hätte mich (hoffen wir es) gegen alle Gebote aufgelehnt, die schlecht waren – und mit diesen und ihrer Definition werden wir uns in einem anderen Kapitel befassen. Doch war ich nicht geneigt, mich irgendeiner Vorschrift zu widersetzen, nur weil sie geheimnisvoll war. Manchmal hat man Ländereien unter törichten Formalien zu Lehen, man muß einmal im Jahr einen Stekken zerbrechen oder ein Pfefferkorn entrichten. Ich war bereit, für das große Lehen von Erde und Himmel dem kryptischsten feudalen Ritual Genüge zu tun. Nichts konnte bizarrer sein als die Tatsache, daß ich es überhaupt bekommen hatte. Hier will ich nur ein einziges ethisches Exempel anführen, damit man sieht, was ich meine. Ich konnte nie in das allgemeine empörte Gemurmel meiner heranwachsenden Generation wider die Monogamie einstimmen, da mir keine erdenkliche Beschränkung des Sexus so seltsam und verblüffend erschien wie die Geschlechtlichkeit selbst. Wenn man wie Endymion die Mondgöttin lieben durfte und sich dann beklagte, daß Jupiter seine eigenen Monde in einem Harem verschloß – das schien mir (erzogen mit Märchen wie dem von Endymion) ein vulgärer Absturz. Sich an eine einzige Frau zu halten ist ein kleiner Preis für etwas so Großes wie den Anblick einer einzigen Frau. Sich zu beklagen, daß ich nur einmal heiraten durfte, das war mir, als führte ich Klage, weil ich nur einmal geboren war. Die Kritik hätte in keinem Verhältnis zu dem ungeheuer Erregenden gestanden, um das es ging. Sie bewies nicht ein besonders ausgeprägtes Gefühl für Geschlechtlichkeit, sondern eine eigenartige Fühllosigkeit. Der Mann, der sich beklagt, daß er nicht durch fünf Tore gleichzeitig in Eden einziehen kann, ist töricht. Wer Polygamie fordert, dem mangelt es an der Fähigkeit, sich das Geschlechtliche wirklich zu vergegenwärtigen; als pflücke ein Mann sich fünf Birnen in bloßer Zerstreutheit. Die Ästheten jener Zeit gelangten in ihren Hymnen auf schöne Dinge an die letzten wahnwitzigen Grenzen der Sprache. Distelflaum brachte sie zum Weinen, ein gleißender Käfer warf sie auf die Knie. Doch ihre Gefühle beeindruckten mich keinen Moment lang, weil es ihnen niemals in den Sinn kam, für ihre Freude irgendein symbolisches Opfer zu bringen. Die Menschen (so empfand ich) könnten vierzig Tage fasten, um eine Drossel singen zu hören. Sie könnten durchs Feuer gehen, um eine Schlüsselblume zu finden. Doch diese Liebhaber der Schönheit konnten um des Gesangs der Drossel willen nicht einmal nüchtern bleiben. Sie waren nicht bereit, eine gewöhnliche christliche Ehe zu schließen, um den Preis der Schlüsselblume zu entrichten. Man kann doch gewiß für ungewöhnliche Verzückungen mit gewöhnlicher Moral zahlen. Oscar Wilde hat gesagt, daß man die

Sonnenuntergänge nicht zu schätzen weiß, weil wir sie nicht bezahlen können. Doch er hatte unrecht – wir können für Sonnenuntergänge bezahlen. Wir können für sie bezahlen, indem wir nicht Oscar Wilde sind.

Also – ich ließ die Märchenbücher im Kinderzimmer auf dem Boden liegen, und ich habe seither keine anderen Bücher von so praktischer Vernunft gefunden. Ich ließ das Kindermädchen zurück, die Hüterin der Tradition und der Demokratie, und habe nie einen anderen modernen Typus von so gesunder Radikalität oder so gesundem Konservativismus kennengelernt. Wichtig und hervorzuheben ist aber folgendes: Als ich zuerst in die geistige Atmosphäre der modernen Welt hinaustrat, stellte ich fest, daß die moderne Welt meinem Kindermädchen und meinen Kindermärchen in zwei Punkten entschieden widersprach. Es hat lange gebraucht, bis ich herausgefunden habe, daß die moderne Welt im Unrecht ist und mein Kindermädchen recht hatte. Das wirklich Eigenartige war: Das moderne Denken widersprach dem Glauben meiner Kindheit in seinen zwei allerwesentlichsten Sätzen. Ich habe erklärt, daß die Märchen in mir zwei Überzeugungen begründet haben: einmal, daß die Welt ein wilder und erstaunlicher Ort ist, der auch ganz anders hätte sein können, aber ganz entzückend ist; zum zweiten, daß es im Angesicht dieses Wilden und Entzückenden naheliegt, bescheiden zu sein und sich den wunderlichen Beschränkungen einer so seltsamen Großzügigkeit zu unterwerfen. Doch stellte ich fest, daß die ganze Moderne wie eine Flutwelle auf meine beiden liebevoll gehegten Ideen eindrang, und dem Schock dieses Zusammenstoßes entsprangen zwei plötzliche, spontane Empfindungen, die mich seitdem nicht verlassen haben und die sich, wie grob umrissen sie auch begannen, mittlerweile zu Überzeugungen verfestigt haben.

Zuerst stellte ich fest, daß die ganze moderne Welt dem wissenschaftlichen Fatalismus anhing – es hieß allgemein, daß alles so ist, wie es immer schon sein mußte, daß alles sich fehlerlos von Anfang an entfaltet hatte. Das Blatt am Baum ist grün, weil es nie anders hätte sein können. Nun ist der Philosoph des Märchenreiches deshalb so froh, daß das Blatt grün ist, weil es eben auch scharlachrot hätte sein können. Es ist ihm, als habe sich das Blatt im Augenblick, ehe er es ansieht, grün gefärbt. Er freut sich, daß der Schnee weiß ist – aus dem strikt vernünftigen Grund, daß er auch schwarz hätte sein können. Jede Farbe hat etwas kühn Entschiedenes an sich wie eine einmal getroffene Wahl; das Rot der Gartenrosen ist nicht nur entschieden, sondern dramatisch wie vergossenes Blut. Er fühlt, daß etwas *getan* worden ist. Die großen Deterministen des neunzehnten Jahrhunderts aber waren ganz gegen dieses naheliegende Gefühl, daß etwas erst im Augenblick zuvor geschehen ist. Tatsächlich war – wenn man ihnen glauben wollte – seit Anbeginn der Welt im Grunde gar nichts geschehen. Nichts war mehr geschehen, seit sich die Existenz an sich einmal ereignet hatte, und selbst da waren sie sich im Datum nicht sicher.

Die moderne Welt, wie ich sie vorfand, stand ganz auf der Seite eines modernen Kalvinismus – auf der Seite der Theorie, daß die Dinge notwendigerweise so sein müssen, wie sie sind. Als ich nachfragte, stellte ich fest, daß man eigentlich gar keine Beweise für diese unabänderliche Wiederholung aller Dinge hatte außer der Tatsache, daß man die Dinge sich eben wiederholen sah. Nun machte die bloße Wiederholung an sich mir die Dinge eher unheimlicher als vernünftiger. Es war mir dabei, als hätte ich auf der Straße eine seltsam geformte Nase zu Gesicht bekommen und darin zunächst einen bloßen Zufall gesehen, nur um sukzessive sechs andere Nasen von der gleichen erstaunlichen Form zu erblicken. Ich hätte einen Moment lang gedacht, daß hier im Viertel eine Geheimgesellschaft aufmarschiere. So war es schon merkwürdig, daß ein Elefant einen Rüssel hatte; daß aber alle Elefanten welche hatten, das schien mir wie eine Verschwörung. Ich rede hier nur von einem Gefühl, von einer gleichzeitig störrischen wie subtilen Empfindung. Doch die Wiederholung in der Natur schien mir manchmal wie eine erregte Wiederholung – wie die eines enragierten Schulmeisters, der dasselbe wieder und wieder sagt. Das Gras schien mir mit allen Fingern zugleich Zeichen zu geben, die sich am Himmel drängenden Sterne schienen sich abzumühen, mir etwas verständlich zu machen. Die Sonne war entschlossen, daß ich sie wahrnehmen sollte, und wenn sie dazu tausendmal aufgehen mußte. Die wiederkehrenden Erscheinungsformen des Universums steigerten sich zum verrückten Rhythmus einer Beschwörung, und langsam erkannte ich eine Idee.

Der gesamte ragende Materialismus, der das moderne Denken beherrscht, beruht letztlich auf einer einzigen Grundannahme – einer falschen. Man geht davon aus, daß ein Ding, das sich immerwährend wiederholt, wahrscheinlich tot ist – ein Uhrwerk. Die Leute meinen, wenn das Universum etwas Persönliches wäre, müßte es sich in unvorhergesehenen Variationen ergehen; wenn die Sonne lebte, dann würde sie tanzen. Dies ist ein Trugschluß, selbst schon hinsichtlich der uns bekannten Tatsachen. Denn die Wechselhaftigkeit in den Existenzen der Menschen tritt in der Regel nicht durch das Leben ein, sondern durch den Tod; durch das Ersterben oder Abbrechen der Kraft oder der Lust. Ein Mensch variiert seine Bewegungen wegen einer kleinen Schwäche oder Ermüdung – er steigt in einen Omnibus, weil er es müde ist, zu Fuß zu gehen, er geht zu Fuß, weil er es müde ist stillzusitzen. Wären seine Lebenskraft und seine Freudigkeit so gigantisch, daß es ihn niemals ermüdete, nach Islington zu gehen, dann spazierte er vielleicht mit derselben Regelmäßigkeit nach Islington, mit der die Themse nach Sheerness fließt. Der ekstatischen Geschwindigkeit seines Lebens eignete das ruhige Gleichmaß des Todes. Die Sonne erhebt sich jeden Morgen. Ich tue das nicht, aber das kommt nicht von der großen Aktivität meines Lebens, sondern daher, daß ich oft inaktiv bin. Und nun könnte es doch sein, daß die Sonne mit unerschütterlicher Regelmäßigkeit aufgeht, weil sie dessen nie müde wird. Die Routine könnte nicht der Leblosigkeit, sondern dem strömenden Leben entspringen. Was ich meine, läßt sich beispielsweise an Kindern beobachten, die auf ein bestimmtes Spiel oder einen Jux gestoßen sind, auf irgend etwas, das ihnen ganz besonders gefällt. Ein Kind auf der Mauer kickt endlos rhythmisch mit den Beinen in die Luft – aus einem Übermaß, nicht aus Mangel an Lebenskraft. Weil Kinder so viel Vitalität besitzen, weil sie wild und frei im Geiste sind, deshalb wollen sie, daß sich die Dinge immer unverändert wiederholen. Sie sagen immer: »Nochmal!«, und der Erwachsene macht's nochmal, bis er beinahe stirbt. Denn Erwachsene sind nicht stark genug, eine Monotonie ekstatisch zu erleben. Vielleicht aber ist Gott stark genug, sich der Monotonie ekstatisch zu freuen. Möglicherweise sagt Gott jeden Morgen zur Sonne »Nochmal!« und jeden Abend »Nochmal!« zum Mond. Es könnte sein, daß es gar keine automatische Notwendigkeit ist, die alle Gänseblümchen gleich aussehen läßt – vielleicht erschafft Gott jedes Gänseblümchen eigens, ist aber der Erschaffung von Gänseblümchen niemals müde geworden. Vielleicht aber hat Er den ewigen Appetit der Kindlichkeit – wir haben gesündigt und sind alt geworden, und unser Vater ist jünger als wir. Die Wiederholung in der Natur mag gar kein serieller Ablauf sein, sie ist vielleicht ein theatralisches *Encore*. Der Himmel bittet den Vogel, der ein Ei gelegt hat, noch einmal auf die kosmische Bühne. Wenn der Mensch ein Menschenkind empfängt und gebiert anstatt einen Fisch oder eine Fledermaus oder einen Greifen, muß der Grund nicht darin liegen, daß wir in einem ewig fixierten animalischen Schicksalsablauf ohne Lebendigkeit oder Zweck stecken. Vielleicht hat unsere kleine Tragödie die Götter gerührt, vielleicht bewundern sie sie von ihren bestirnten Rängen aus, und am Ende jedes menschlichen Dramas wird der Mensch wieder und wieder vor den Vorhang gerufen. Die Wiederholung mag Millionen Jahre hindurch aufgrund freier Entscheidung andauern und mag jeden Augenblick enden. Der Mensch mag Generation nach Generation auf der Erde stehen, und doch kann jede Geburt sein unwiderruflich letztes Auftreten sein.

Das war meine erste Überzeugung – Produkt des Schocks, als meine kindlichen Gefühle in vollem Lauf auf das moderne Credo prallten. Ich hatte immer schon vage empfunden, daß alle Tatsachen

Wunder waren – in dem Sinne, daß sie wundervoll waren. Nun begann ich, in ihnen Wunder in dem strengeren Sinne zu sehen, daß sie willkürlich waren. Ich meine damit, daß sie die wiederholten Akte eines Willens waren oder jedenfalls sein könnten. Kurz gesagt – ich hatte immer daran geglaubt, daß die Welt voller Zauber steckte; nun dachte ich, daß hinter ihr ein Zauberer stecken könnte. Und damit präzisierte sich ein tiefes Gefühl, das unbewußt immer gegenwärtig gewesen war: daß diese unsere Welt einen Zweck hat – und wenn ein Zweck existiert, dann existiert auch eine Person. Ich hatte immer das Leben vor allem anderen als eine große Geschichte empfunden, und gibt es eine Geschichte, gibt es auch einen Erzähler.

Doch das moderne Denken stieß auch mit meiner zweiten menschlichen Tradition zusammen. Es negierte das Märchengefühl für strikte Grenzen und Bedingungen. Das moderne Denken rhapsodierte am liebsten von unendlicher Ausdehnung und Riesengröße. Herbert Spencer wäre sehr aufgebracht gewesen, wenn man ihn als Imperialisten bezeichnet hätte – insofern ist es bedauerlich, daß es nie jemand tat. Er war aber ein Imperialist des vulgärsten Kalibers. Er hat die durchaus verächtliche Idee in Umlauf gebracht, daß die Größe des Sonnensystems das spirituelle Maß des Menschen in Frage stelle. Warum sollte denn ein Mensch seine Würde und Statur eher an das Sonnensystem abtreten als an einen Walfisch? Wenn schiere Ausdehnung bedeuten soll, daß der Mensch nicht das Ebenbild Gottes sein kann, dann kann es meinethalben der Wal sein – ein etwas formloseres Ebenbild, ein impressionistisches Porträt sozusagen. Es ist völlig abwegig, zu argumentieren, daß der Mensch am Universum gemessen klein erscheint, denn der Mensch war schon immer klein, wenn man ihn bloß mit dem nächsten Baum verglich. Herbert Spencer in seinem tolldreisten Imperialismus bestand darauf, daß wir irgendwie vom astronomischen Weltall erobert und annektiert worden seien. Er sprach von der Menschheit und ihren Idealen genau in dem Ton, in dem der unverschämteste Unionist von den Iren und ihren Idealen redet. Er machte aus der Menschheit eine kleine Nationalität. Und sein arger Einfluß läßt sich noch später in den lebendigsten und ehrenwertesten der wissenschaftlichen Autoren erkennen, insbesondere in den frühen utopischen Romanen von H. G. Wells. Viele Moralisten haben mit starker Übertreibung unsere Erde als völlig verderbt dargestellt. Wells und seine Schule aber lassen die Himmel verderbt sein. Wir sollen die Augen aufheben zu den Sternen, von denen uns der Untergang droht.

Die Expansion, von der ich sprach, war aber viel böser noch als all dies. Ich habe schon bemerkt, daß der Materialist wie der Wahnsinnige im Gefängnis sitzt – in der Zelle eines einzigen Gedankens. Diese Leute scheinen es für höchst erhebend zu halten, wenn man ständig betont, daß das Gefängnis ungeheuer groß ist. Das Ausmaß dieses wissenschaftlichen Universums brachte nichts Neues, nichts Tröstendes. Das All erstreckte sich weiter und weiter, doch nicht in seinen wildesten Konstellationen war irgend etwas wirklich Interessantes zu finden – etwas wie beispielsweise Gnade oder freier Wille. Die Größe, die Unendlichkeit dieses Weltalls hatten seinem Geheimnis nichts hinzuzufügen. Es war, als teile man einem Häftling im Zuchthaus zu Reading mit, es werde ihn freuen zu hören, daß die Haftanstalt nun die halbe Grafschaft bedecke. Der Aufseher hätte dem Insassen nichts anderes zu zeigen als immer noch mehr und noch mehr Gänge aus Stein, von unheimlichem Licht erhellt und leer von aller Menschlichkeit. Und diese Expandierer des Universums können uns nur immer neue unendlich sich erstreckende Räume zeigen, erhellt von fürchterlichen Sonnen und leer von allem Göttlichen.

Im Märchenland gab es ein wirkliches Gesetz, ein Gesetz, das man brechen konnte, denn per definitionem ist ein Gesetz etwas, das gebrochen werden kann. Die Maschinerie dieses kosmischen Gefängnisses aber war unzerbrechlich, denn wir selbst waren nur Teil dieser Maschinerie. Wir waren entweder gar nicht in der Lage, etwas zu tun, oder es war unsere unausweichliche Bestimmung. Die Idee der rätselhaft verhängten Bedingung verschwand; damit war sowohl die Sicherheit des gehaltenen wie das Vergnügen des gebrochenen Gesetzes dahin. Die Größe dieses Universums hat nichts von der Frische, der Luftigkeit, dem Aufbruch, wie wir sie am Beispiel des dichterischen Universums gerühmt haben. Dieses moderne Universum ist buchstäblich ein Imperium: es ist groß, aber nicht frei. Man trat in größere und immer größere fensterlose Räume, Räume von babylonisch riesenhafter Perspektive, doch fand man nie das kleinste Fenster oder auch nur einen Hauch Luft von außen.

Die infernalischen Parallelen dieser Doktrin schienen sich endlos zu verlängern, aber für mich laufen alle guten Dinge in einem Punkt zusammen, der Klinge eines Degens zum Beispiel. Da nun die prahlerische Doktrin vom riesigen Universum für mein Empfinden so unbefriedigend war, begann ich, ein wenig mit den Vertretern dieser Theorie zu diskutieren, und bald sah ich, daß die ganze Lehre noch viel seichter war als erwartet. Diesen Leuten zufolge war der Kosmos insgesamt ein einziges Ding, da er einem einzigen ungebrochenen Gesetz gehorchte. Nur (so sagten sie) war er nicht nur ein Ding, sondern auch das einzige Ding, das es gibt. Warum sollte man es sich dann überhaupt angelegen sein lassen, es groß zu nennen? Es gibt ja keinen Vergleichsmaßstab. Man könnte es ebensogut als klein bezeichnen. Es könnte einer sagen: »Mir gefällt dieser riesige Kosmos, mit seinen Myriaden von Sternen und seiner Unmenge verschiedenster Kreaturen.« Aber ebensogut könnte ein anderer sagen: »Ich mag diesen gemütlichen kleinen Kosmos, er hat eine anständige Anzahl von Sternen und eine recht hübsche Auswahl an Lebewesen.« Das eine taugt so gut wie das andere; beide Äußerungen sind bloß subjektive Empfindungen. Es ist ganz subjektiv, sich darüber zu freuen, daß die Sonne größer ist als die Erde – ebenso vernünftig ist es, sich daran zu erbauen, daß die Sonne nicht größer ist, als sie ist. Der eine empfindet ein starkes Gefühl beim Gedanken an die Riesengröße des Universums – warum soll der andere nicht ein ebensolches beim Gedanken daran empfinden, wie klein es ist?

Wie es sich traf, hatte ich genau dieses Gefühl. Wenn man etwas mag, redet man es mit zärtlichen Diminutiva an, auch wenn es ein Elefant oder ein Soldat mit Gardemaß ist. Der Grund dafür ist: Alles, was für die Phantasie in sich vollständig ist, kann man sich auch klein vorstellen. Wenn der Schnurrbart nicht den Degen ergänzte, der Stoßzahn nicht den Schwanz, dann wäre der Gegenstand in der Tat riesig, weil er unermeßlich wäre. Doch in dem Augenblick, wo man sich einen Leibgardisten mit allen notwendigen Merkmalen vorstellen kann, kann man sich auch einen kleinen Leibgardisten vorstellen. Wenn man einen Elefanten ganz vor sich hat, kann man ihn »Tiny« nennen. Wenn man von etwas eine große Statue meißeln kann, dann auch eine Statuette. Jene gaben zwar vor, daß das Universum etwas in sich vollständig Zusammenhängendes war, aber sie mochten das Universum nicht. Ich jedoch mochte das Universum ausgesprochen gerne und wollte es deshalb mit einem Diminutiv anreden. Ich tat es oft; dem Universum schien es nichts auszumachen. Und wahrhaftig hatte ich auch das Gefühl, daß meine unklaren Dogmen von der alles beherrschenden Lebenskraft sich besser ausdrükken ließen, wenn man die Welt klein nannte, als wenn man sie groß hieß. Denn die Unendlichkeit hatte etwas Beiläufiges, Achtloses, was das genaue Gegenteil des Gefühls von Fürsorglichkeit war, das ich angesichts des so kostbaren und gefährdeten Lebens verspürte. Jene hatten nur eine weite elende Öde vorzuweisen, ich aber empfand eine Art heilige Genügsamkeit. Sparsam zu sein ist nämlich viel romantischer als alle Extravaganzen. Für die anderen waren die Sterne ein endloser Zinssatz von halben Pence, ich aber empfand die eine goldene Sonne und den einen silbernen Mond so, wie ein Schuljunge einen Sovereign und einen Shilling spürt.

Diese unbewußten Überzeugungen lassen sich am besten durch die Färbung und den Ton gewisser Geschichten ausdrücken. Wie gesagt: Allein Geschichten von Zauberei können mein Gefühl zum Ausdruck bringen, daß das Leben nicht nur eine Freude ist, sondern eine Art exzentrisches Privileg darstellt. Ich könnte jenes andere Gefühl kosmischer Behaglichkeit durch den Hinweis auf ein Buch ausdrücken, das man stets in der Kindheit liest, den Robinson Crusoe –

den ich in der Tat damals las und der seine ewige Lebendigkeit dem Umstand verdankt, daß er die Poesie der Beschränktheit feiert und die wilde Romantik der Besonnenheit. Crusoe ist ein Mann auf einem kleinen Felsen mit ein paar Hilfsmitteln und Erleichterungen, die er eben noch dem Meer entreißen konnte; das beste am ganzen Buch ist schlicht die Liste der aus dem Wrack geborgenen Gegenstände. Das größte Gedicht ist ein Inventar. Jedes Küchengerät bekommt idealen Charakter, weil Crusoe es im Meer hätte verlieren können. Es ist eine gute Übung, in leeren oder häßlichen Stunden des Tages etwas zu betrachten – die Kohlenschütte oder den Bücherschrank – und sich vorzustellen, wie glücklich man sich schätzen würde, hätte man dies aus dem sinkenden Schiff auf die einsame Insel gerettet. Aber eine noch bessere Übung ist es, sich zu vergegenwärtigen, daß alle Dinge in der Tat nur mit knapper Not hier in der Realität angekommen sind – alles ist aus einem Schiffbruch geborgen. Jeder Mensch hat zumindest ein entsetzliches Abenteuer hinter sich: als der verborgen und unzeitig Geborene, der er nie war, als eines jener Kinder, die nie das Licht der Welt erblicken. In meiner Jugend sprach man viel von unvollendeten oder gescheiterten Genies, und es war üblich zu sagen, aus dem Soundso hätte eigentlich einmal etwas Großes werden können. Für mich ist es eine massivere und verblüffendere Tatsache, daß es mit all den Passanten auf der Straße eigentlich einmal nichts hätte werden können.

Mir aber war wirklich so (diese Phantasie mag töricht wirken), als wäre die ganze Ordnung und Anzahl aller Dinge der Welt der romantische Überrest von Crusoes untergegangenem Schiff. Daß es zwei Geschlechter und eine Sonne gibt, war wie das Faktum, daß es zwei Gewehre und eine Axt gab. Es war von erregender Dringlichkeit, daß nichts verlorenging, aber irgendwie war es auch befriedigend, daß nichts hinzukommen konnte. Die Bäume und die Planeten schienen wie Dinge, die aus dem Schiffbruch gerettet worden waren, und als ich das Matterhorn sah, war ich froh, daß es in der Krise nicht der Vergessenheit anheimgefallen war. Ich stand den

 Sternen mit so sorgsamer Sparsamkeit gegenüber, als wären es Saphire (in Miltons Eden werden sie so genannt); ich hortete die Hügelkuppen. Denn das Universum ist ein einziges Juwel, und während es zu den üblichen Phrasen gehört, von einem Juwel zu sagen, es sei konkurrenzlos und unerschwinglich, ist es bei diesem Juwel buchstäblich wahr. Dieser Kosmos ist in der Tat ohne Konkurrenz und durch nichts aufzuwiegen, denn einen anderen kann es nicht geben.

So endet in unvermeidlicher Unzulänglichkeit mein Versuch, die unaussprechlichen Dinge auszusprechen. Dies sind die wahren, letzten Züge meiner Haltung dem Leben gegenüber, dies ist die Erde für die Samenkörner des Dogmas. Das alles habe ich mir dunkel gedacht, ehe ich schreiben konnte, und habe es gefühlt, ehe ich dachte; damit wir im Anschluß leichter vorwärtskommen, will ich es noch einmal rekapitulieren. Erstens spürte ich tief in mir, daß diese Welt sich nicht selbst erklärt. Sie mag ein Wunder mit übernatürlicher Erklärung sein; sie mag ein illusionistischer Trick sein, für den es eine natürliche Erklärung gibt. Allerdings muß die Erklärung des Tricks, damit sie mich befriedigt, besser sein als die natürlichen Erklärungen, die ich bis jetzt gehört habe. So oder so ist das ganze Zauberei – wahre oder falsche. Zweitens stieg in mir das Gefühl auf, daß ein Zauber einen Sinn haben muß, und das wiederum heißt, daß es jemanden geben muß, der ihn ersonnen hat. Es war etwas sehr Persönliches an dieser Welt, wie an einem Kunstwerk; was sie auch bedeuten mochte, die Bedeutung war ihr mit fast aggressivem Nachdruck einbeschrieben. Drittens schien mir dieser Zweck in seinem altmodischen Muster wunderschön, trotz seiner Mängel (der Drachen etwa). Viertens schien mir die angemessene Form des Dankes für diese Schönheit eine Art Demut und Zurückhaltung: Wir sollten Gott für das Bier und den Burgunder danken, indem wir nicht zuviel davon trinken. Wir schuldeten ferner Gehorsam dem, der uns geschaffen hatte. Und schließlich (und am seltsamsten) hatte sich in meinem Bewußtsein eine unklare, weit ausgreifende Vorstellung gebildet, daß auf gewisse Weise alles, was gut war, einen sorgfältig zu bewahrenden und zu heiligenden Überrest darstellte, der einer unvordenklichen Katastrophe entronnen war. Der Mensch hatte sein Gutes knapp gerettet, wie Crusoe seine Güter: er hatte es aus seinem Schiffbruch geborgen. All dies fühlte ich, und empfing vom Zeitgeist keine Ermunterung, es zu fühlen. Und dabei hatte ich an die christliche Theologie noch nicht einmal gedacht.

DER TRUGSCHLUSS DES ERFOLGS

In unserer Zeit ist eine ganz eigene Sorte von Büchern und Artikeln aufgetaucht, die, wie ich aufrichtig und ernsthaft meine, die blödeste sein dürfte, welche die Menschheit je gesehen hat. Diese Schriften sind bizarrer als die bizarrsten Ritterromane, und sie sind langweiliger als das langweiligste religiöse Traktätchen. Und die Ritterromane handelten immerhin vom Rittertum, die Traktätchen handeln von der Religion. Doch dieses Zeug handelt von gar nichts – es handelt vom sogenannten Erfolg. An jedem Kiosk, in jeder Illustrierten findet man Werke angezeigt, die den Leuten erklären, wie man Erfolg hat. Es gibt Bücher, die den Menschen zeigen, wie sie in allem Erdenklichen Erfolg haben können; geschrieben sind sie von Leuten, die nicht einmal erfolgreich schreiben können. Zunächst einmal gibt es keinen Erfolg. Oder, wenn Sie so wollen: es gibt nichts, das nicht erfolgreich wäre. Daß ein Ding erfolgreich ist, heißt einfach, daß es ist; ein Millionär ist erfolgreich, insofern er ein Millionär ist, und ein Esel, indem er ein Esel ist. Jedem lebenden Menschen ist es gelungen zu leben, jeder Tote mag erfolgreich Selbstmord begangen haben. Doch lassen wir die törichte Logik und die törichte Philosophie in dieser Redensart einmal beiseite und nehmen wir sie einfach wie diese Autoren – in dem gewöhnlichen Sinn, daß man zu Geld kommt oder eine gehobene Position erlangt. Diese Schriftsteller geben vor, dem gewöhnlichen Leser darzulegen, wie er in jedem beliebigen Beruf oder Unterfangen Erfolg haben kann – wie er, falls er

 Maurer ist, ein erfolgreicher Maurer wird, wie er als Börsenmakler Erfolg an der Börse hat. Sie wollen ihm zeigen, wie er als Gemüsehändler ein Regattasegler werden kann, als zehntrangiger Journalist ein Mitglied des Oberhauses und als deutscher Jude ein Angelsachse. Dies sind klare, geschäftsmäßige Angebote, und ich glaube wirklich, daß die Käufer dieser Bücher (sofern sie jemand kauft) ein moralisches, wenn nicht ein gesetzliches Recht haben, ihr Geld zurückzuverlangen. Niemand würde es wagen, ein Buch über Elektrizität zu verfassen, das einem buchstäblich keine einzige Silbe über die Elektrizität mitteilt; niemand einen Artikel über Botanik vorlegen, der demonstrierte, daß der Verfasser nicht weiß, welches Ende einer Pflanze in der Erde steckt. Und doch ist unsere moderne Welt voll von Büchern über Erfolg und erfolgreiche Leute, die keinen vernünftigen Gedanken und kaum einen einzigen sinnvollen Satz enthalten.

Es ist vollkommen offensichtlich, daß es in jedem anständigen Beruf (wie dem Maurerhandwerk oder der Literatur) im Grunde nur zwei Möglichkeiten gibt, Erfolg zu haben. Entweder leistet man sehr gute Arbeit, oder man betrügt. Beide Methoden sind viel zu einfach, als daß sie einer besonderen Erläuterung bedürften. Wenn man beim Hochsprung antritt, muß man entweder höher springen als alle anderen oder irgendwie den Eindruck erwecken, man hätte es getan. Wenn man beim Whist Erfolg haben will, dann spiele man besser als die anderen oder besorge sich gezinkte Karten. Vielleicht möchte einer ein Buch über den Hochsprung, vielleicht eines über Whist, vielleicht eines darüber, wie man beim Whist betrügt. Aber ein Buch über Erfolg kann man sich nicht wünschen. Insbesondere keines von der Art, wie man sie jetzt zu Hunderten über den Buchmarkt verstreut findet. Man will vielleicht Hochsprung betreiben, man will vielleicht Karten spielen, aber man möchte keine wolkigen Beteuerungen lesen, daß Springen Springen heißt und daß Spiele von Gewinnern gewonnen werden. Würden jene Autoren sich beispielsweise mit dem Erfolg im Hochsprung befassen, dann ginge das etwa so: »Der Springer muß sich ein eindeutiges Ziel gesetzt haben.

Er muß unbedingt den klaren Wunsch haben, höher als die Konkurrenten zu springen. Er darf sich nicht durch schwächliche Gefühle des Mitleids – übernommen von den widerlichen Klein-Engländern und Burenfreunden – bewegen lassen, darauf zu verzichten, *sein Bestes zu geben*. Er muß immer daran denken, daß ein Wettkampf im Hochsprung etwas durch und durch Kämpferisches ist und daß – wie Darwin so herrlich bewiesen hat – der Schwächere unterliegt.« Das ist die Art und Weise, wie so ein Buch loslegen würde, und es wäre zweifellos sehr hilfreich, wenn man derartiges mit leiser, gepreßter Stimme einem jungen Mann vorlesen würde, der zum Sprung anläuft. Oder nehmen wir an, daß der Philosoph des Erfolgs im Verlauf seiner Streifzüge auf unseren anderen Gegenstand gestoßen wäre – das Kartenspiel. Dann lautete sein stimulierender Rat so: »Wenn man Karten spielt, muß man unbedingt bestrebt sein, den typischen Fehler zu vermeiden (den unsere sentimentalen Humanisten und Freihändler so gerne machen), daß man dem Gegner erlaubt, das Spiel zu gewinnen. Man muß Härte und Stehvermögen zeigen und *gewinnen wollen*. Die Tage des Idealismus und des Aberglaubens sind gezählt. Wir leben in einem Zeitalter der Wissenschaft und des kühlen Verstandes, und es ist mittlerweile eindeutig bewiesen, daß bei jedem Spiel mit zwei Spielern DER EINE GEWINNT, WENN ES DER ANDERE NICHT TUT.« Alles natürlich sehr erhebend, aber ich gestehe, wenn ich Karten spielen würde, dann hätte ich lieber eine kleine Broschüre, die mir die Regeln erklärt. Jenseits der Spielregeln kommt es nur auf Begabung oder Unehrlichkeit an, und ich mache mich anheischig, eins oder das andere ins Feld zu führen, ich sage nicht, was.

Beim Blättern in einer populären Zeitschrift finde ich ein merkwürdiges und amüsantes Beispiel. Dort steht ein Artikel mit der Überschrift »Der Instinkt, der die Menschen reich macht«. Er ist auf der ersten Seite mit einem beeindruckenden Porträt von Lord Rothschild illustriert. Es gibt viele eindeutige Methoden, ehrlich und unehrlich, welche einen Menschen reich machen – der einzige mir bekannte Instinkt ist jedoch jener, den die christliche Dogmatik die Sünde der Habgier nennt. Aber das gehört nicht hierher. Ich möchte die folgenden erlesenen Absätze zitieren – ein typisches Beispiel für den guten Rat, wie man zum Erfolg gelangt. Alles so praktisch, es läßt keinen Zweifel übrig, was wir tun sollten – :

»Der Name Vanderbilt ist ein Synonym für den Reichtum, den ein moderner Geschäftsmann erworben hat. ›Cornelius‹, der Begründer der Dynastie, war der erste der großen amerikanischen Finanzmagnaten. Er begann als Sohn eines armen Bauern; er endete als zwanzigfacher Millionär.

Er hatte den Instinkt, wie man Geld macht. Er nutzte die Gelegenheiten, jene Gelegenheiten, die sich durch den Einsatz der Dampfmaschine im Ozeanverkehr ergaben und durch die Anfänge der Eisenbahntechnik in den reichen, doch unentwickelten Vereinigten Staaten von Amerika, und folglich brachte er ein enormes Vermögen zusammen.

Nun liegt es natürlich auf der Hand, daß wir nicht alle in die Fußstapfen des großen Eisenbahnkönigs treten können. Eben jene Gelegenheiten, die er hatte, werden sich uns nicht bieten. Die Umstände haben sich geändert. Aber auch wenn dem so ist, können wir doch in unserer eigenen Sphäre und unseren eigenen Lebensumständen seinen allgemeinen Methoden folgen; wir können jene Gelegenheiten ergreifen, die sich auch uns darbieten, und unsere gute Chance nutzen, zu Reichtum zu gelangen.«

In solchen eigenartigen Äußerungen sehen wir ganz klar, was diesen Artikeln und Büchern wirklich zugrunde liegt. Es ist nicht reine Geschäftstüchtigkeit – es ist nicht einmal reiner Zynismus. Es ist Mystik – die entsetzliche Mystik des Geldes. Der Verfasser dieses Abschnittes hat nicht die leiseste Ahnung, wie Vanderbilt sein Geld gemacht hat oder wie irgend jemand sonst seins machen sollte. Er schließt in der Tat seine Ausführungen, indem er zu einer bestimmten Vorgehensweise rät, aber das hat nicht das geringste mit Vanderbilt zu tut. Er sehnt sich bloß danach, vor dem Mysterium des Millionärs niederzuknien. Denn wenn wir etwas wirklich verehren, lieben wir nicht nur seine Klarheit, sondern auch seine Dunkelheit. Es entzückt uns seine Unsichtbarkeit. Wenn ein Mann in eine Frau verliebt ist, macht es ihm besondere Freude, zu betonen, wie unvernünftig die Frauen sind. Den frommen Dichter, der seinen Schöpfer rühmt, freut es zu sagen, Gottes Wege seien unerforschlich. Nun scheint der Verfasser des zitierten Abschnittes nichts mit einem Gott zu tun zu haben, und ich würde auch annehmen (angesichts seines extrem unpraktischen Wesens), daß er nie wirklich in eine Frau verliebt war. Aber das, was er anbetet – Vanderbilt –, das behandelt er auf eben diese mystische Manier. Ihn entzückt die Tatsache, daß seine Gottheit Vanderbilt ein Geheimnis vor ihm hat. Und es erfüllt seine Seele mit einer schlauen Verzückung, einer priesterlichen Ekstase, daß er nun so tun darf, als teile er der Masse dieses furchtbare Geheimnis mit, das er nicht kennt.

Zur Frage des Instinkts, der die Menschen reich macht, bemerkt der Verfasser:

»In alten Zeiten begriff man die Existenz dieses Instinkts durchaus. Die Griechen beschrieben ihn in der Geschichte von Midas – dem Manne, der alles, was er berührte, zu Gold verwandelte. Sein Leben führte von Reichtum zu Reichtum. Aus allem, was ihm begegnete, schuf er das kostbare Metall. ›Eine törichte Legende‹, sagten die Neunmalklugen des viktorianischen Zeitalters. ›Eine Wahrheit‹, sagen wir Heutigen. Wir alle kennen solche Männer. Ständig begegnen wir oder lesen von Personen, die alles zu Gold machen, was sie anfassen. Der Erfolg läßt sie nicht los. Ihr Lebensweg führt unaufhaltsam nach oben. Nichts kann ihnen mißlingen.«

Unglücklicherweise konnte Midas jedoch alles mißlingen. Sein Weg führte nicht unaufhaltsam nach oben. Er verhungerte, weil sich jedes Hörnchen und jedes Schinkensandwich, das er berührte, in Gold verwandelte. Das ist die Pointe dieser alten Geschichte, doch muß der Autor sie taktvoll unterdrücken, da er in so großer Nähe eines Porträts von Lord Rothschild schreibt. Die alten Fabeln der Menschheit sind in der Tat unergründlich weise, aber wir dürfen sie uns nicht im Interesse von Mr. Vanderbilt zensieren lassen. König Midas sollte man uns nicht als Beispiel des Erfolges vorstellen; er ist auf ungewöhnlich schmerzvolle Weise gescheitert. Im übrigen hatte er Eselsohren. Und er versuchte (wie jeder andere prominente und reiche Mann) diesen Umstand zu verbergen. Es war sein Barbier – wenn ich mich recht erinnere –, der hier ins Vertrauen gezogen werden mußte, und der Barbier ging hin (anstatt es zu machen wie jeder energische Anhänger der Erfolg-um-jeden-Preis-Schule und König Midas zu erpressen) und flüsterte dieses erlesene Stückchen Gesellschaftsklatsch dem Schilf zu, das höchst amüsiert war. Das Schilf wiederum soll es, sich hin und her wiegend, dem Wind anvertraut haben. Ich betrachte mit Ehrfurcht das Bild von Lord Rothschild; ich lese ehrfürchtig von den Großtaten Vanderbilts. Ich weiß, ich kann nicht alles, was ich berühre, in Gold verwandeln – aber das habe ich auch noch nie versucht, da ich andere Substanzen viel mehr schätze, Gras und guten Wein etwa. Ich weiß, daß diese Männer großen Erfolg gehabt haben; weiß, daß sie Sieger sind, die viele besiegt haben. Ich weiß, sie sind Könige in einem Sinne, in dem noch nie zuvor irgend jemand König war, sie erschaffen Märkte und überragen Kontinente. Trotzdem scheint es mir immer, als gäbe es ein kleines Detail ihrer Toilette, das sie verbergen, und manchmal dachte ich, ich hörte im Wind das Gelächter und Geflüster des Schilfrohrs.

Es steht zu hoffen, daß wir es noch erleben, wie diese absurden Erfolgsbücher der ihnen angemessenen Lächerlichkeit verfallen und vergessen werden. Sie lehren niemanden, wie man Erfolg hat, sie bringen den Leuten nur bei, wie man ein Snob wird. Sie verbreiten eine Art schlimmer Poesie der Weltlichkeit. Die Puritaner prangern immer Bücher an, welche die Lust reizen – was sollen wir zu Büchern sagen, welche die viel schändlicheren Leidenschaften der Habgier und des Stolzes anstacheln? Vor hundert Jahren gab es das Fibelideal des fleißigen Lehrlings – man sagte den Knaben, mit Arbeit und Anstrengung könnten sie alle Oberbürgermeister von London werden. Das war trügerisch, aber es war ein männlicher Gedanke, und es enthielt ein Minimum an moralischer Wahrheit. In unserer Gesellschaft wird Mäßigkeit einem armen Mann nicht zu Reichtümern verhelfen, aber vielleicht zur Selbstachtung. Gute Arbeit wird ihn nicht zum reichen Mann machen, aber zu einem guten Arbeiter. Der fleißige Lehrling verdankte seinen Aufstieg nur wenigen und enggefaßten Tugenden, doch immerhin Tugenden. Was sollen wir zu dem Evangelium sagen, das man dem neuen fleißigen Lehrling predigt – einem Lehrling, der nicht durch seine Tugenden, sondern erklärtermaßen durch seine Laster hinaufkommen soll?

DIE ZWÖLF MÄNNER

Neulich wurde ich, während ich über Moral und Mr. H. Pitt meditierte, aus allem herausgerissen und auf eine Geschworenenbank geschleudert, damit ich Menschen ihr Urteil spräche. Dieser Zugriff zog sich über einige Wochen hin, aber mir schien er etwas Plötzliches und Willkürliches. Ich wurde auf diese Bank gesetzt, weil ich in Battersea lebe und mein Name mit einem C beginnt. Als ich mich umschaute, sah ich, daß ganze Prozessionen von Männern aufgerufen worden waren und nun im Gericht warteten, die alle ebenfalls in Battersea wohnten und einen Namen hatten, der mit C anfängt.

Anscheinend werden Geschworene immer auf diese summarisch alphabetische Weise herbeizitiert. Mit einem einzigen offiziellen Schlag ist Battersea all seiner Cs entblößt und muß sich, so gut es geht, mit dem Rest des Alphabets durchschlagen. Ein Cumberpatch wird in dieser Straße vermißt, ein Chizzolpop in der nächsten, drei Chucksterfields fehlen in Chucksterfield House. Die Kinder schreien nach einem fernen Cadgerboy, die Frau an der Ecke weint um ihren Coffintop und ist untröstlich. Wir nehmen mit großzügigem Schwung unsere Plätze ein (denn wir sind ein kühner, verwegener Menschenschlag, wir Cs aus Battersea), und es wird uns mit völlig unhörbarer Stimme von einem Individuum, das einem senilen Militärarzt gleicht, ein Eid abgenommen. Wir begreifen immerhin, daß wir gut und gerecht den nun zu verhandelnden Fall zwischen unserem Souverän, Seiner Majestät dem König, und dem Angeklagten beraten sollen, die beide noch nicht aufgetaucht sind.

Eben als ich mich frage, ob der König und der Angeklagte die Sache vielleicht in einem Wirtshaus der Nachbarschaft friedlich geregelt hatten, wird der Kopf des Angeklagten über der Holzwand vor der Anklagebank sichtbar. Es wird ihm vorgeworfen, Fahrräder gestohlen zu haben, und er ist das vollkommene Abbild eines guten Freundes von mir. Wir setzen uns nun mit der Fahrradaffäre auseinander. Wir beraten gut und gerecht den Fall dieser Fahrräder, der zwischen dem König und dem Gefangenen anhängig ist. Und wir kommen nach einer kurzen, doch vernünftigen Diskussion zu dem Ergebnis, daß der König in keiner Weise involviert ist. Dann gehen wir weiter zu einer Frau, die ihre Kinder vernachlässigt hat und aussieht, als hätte irgend jemand oder irgend etwas sie vernachlässigt. Und ich zähle zu denen, die glauben: Etwas hat sie vernachlässigt.

Die ganze Zeit, während das Auge diese beiläufigen Eindrücke registrierte und das Gehirn diese beiläufigen Kommentare formulierte, empfand das Herz barbarisches Mitleid und große Angst – etwas, das die Menschen von Anbeginn an nie haben ausdrücken können, das aber hinter der Hälfte aller Gedichte steht. Diese Stimmung läßt sich nicht einmal angemessen andeuten, höchstens von ferne durch die Bemerkung, daß die Tragödie der höchste Ausdruck des unermeßlichen Werts eines Menschenlebens ist. Noch nie war ich dem Leiden so nahe gewesen und so fern von allem Pessimismus. Normalerweise hätte ich von diesen dunklen Gefühlen gar nicht gesprochen, denn es ist allzu schwierig, sie formulieren zu wollen – aber ich erwähne sie jetzt aus einem besonderen Grund, den ich sofort nennen will. Ich spreche von ihnen, weil aus ihrem Glutofen die merkwürdige Einsicht in eine politische oder soziale Wahrheit hervorging. Ich sah mit seltsamer und unbeschreiblicher Deutlichkeit, was ein Geschworenengericht wirklich ist und warum wir für alle Zeiten an ihm festhalten müssen.

Der Trend unserer Epoche ist bis heute überall der zu immer größerer Spezialisierung und Professionalisierung. Wir haben eigens ausgebildete Soldaten, weil sie besser kämpfen, eigens ausgebildete Sänger, weil sie besser singen, eigens ausgebildete Tänzer, weil sie besser tanzen, speziell instruierte Lacher, weil sie besser lachen, und so fort. Das Prinzip ist von unzähligen modernen Autoren auf Justiz und Politik angewendet worden. Die Fabian Society hebt hervor, daß ein großer Teil der politischen Arbeit von Experten getan werden sollte. Viele Rechtsgelehrte haben erklärt, daß die unausgebildeten Geschworenen ganz und gar durch den ausgebildeten Richter ersetzt werden sollten.

Wenn nun diese unsere Welt wirklich das wäre, was man vernünftig nennt, dann wäre dagegen, glaube ich, auch nichts einzuwenden. Aber das wahre Ergebnis aller Erfahrung und die wahre Grundlage aller Religion ist: daß die vier oder fünf Dinge, die ein Mensch aus praktischer Notwendigkeit unbedingt wissen muß, allesamt das sind, was die Leute paradox nennen. Das heißt: Obwohl wir sie alle in unserem Leben als simple Wahrheiten erkennen, können wir sie doch kaum widerspruchsfrei in Worte fassen. Eine solche Wahrheit ist beispielsweise die unwiderlegbare Banalität, daß der Mensch, der am Leben das meiste Vergnügen findet, häufig der ist, der am wenigsten danach sucht. Eine andere ist das Paradox des Mutes: das Faktum, daß man den Tod am besten vermeidet, indem man keine allzu große Abneigung gegen ihn hegt. Wer seine Knochen gering genug schätzt, um eine hoffnungslose Klippe hoch über der Flut zu erklettern, mag sie durch diese Geringschätzung seine Knochen retten. Wer sein Leben verlieren würde, der soll es behalten – eine durchaus praktische und prosaische Maxime.

Nun ist eines dieser vier, fünf Paradoxa, die man jedem kleinen Kind am Rockzipfel der Mutter beibringen sollte, das folgende: Je mehr man etwas anschaut, desto weniger kann man es erkennen, und je mehr jemand etwas erlernt, desto weniger weiß er davon. Das Fabier-Argument vom Experten, das Argument, daß der eigens Ausgebildete der ist, dem wir vertrauen sollten, wäre absolut unwiderlegbar, wenn es wirklich stimmte, daß einer, der etwas studiert und sich Tag für Tag damit beschäftigt, auch mehr und mehr von dessen Bedeutung erkennt. Aber das tut er nicht. Von der Bedeutung nimmt er immer weniger wahr. Ebenso wie wir, ach! allesamt täglich weiterleben und dabei (wenn wir uns nicht fortwährend zu Dankbarkeit und Demut zwingen) weniger und weniger von der Bedeutsamkeit des Himmels und der Steine sehen.

Es ist eine furchtbare Sache, einem Menschen das Zeichen der Menschenrache aufzuprägen. Aber es ist eine Sache, an die man sich gewöhnen kann wie an andere furchtbare Dinge; der Mensch kann sich sogar an die Sonne gewöhnen. Und das Entsetzliche an allen Justizbeamten, auch den besten, an allen Richtern, Anwälten, Kommissaren und Polizisten, ist nicht, daß sie böse wären (manche sind gut), nicht, daß sie dumm wären (einige sind sehr intelligent), es ist einfach der Umstand, daß sie sich daran gewöhnt haben.

Im Grunde sehen sie nicht den Gefangenen auf der Anklagebank – alles, was sie sehen, ist der übliche Mann an der üblichen Stelle. Sie sehen nicht den ungeheuerlichen Ort des Gerichts, sie sehen nur den eigenen Arbeitsplatz. Deshalb hat der Instinkt der christlichen Zivilisation mit großer Weisheit bestimmt, daß ihrem Urteilsvermögen bei jedem Anlaß frisches Blut und frische Gedanken von der Straße zugeführt werden sollen. Es sollen Männer hereintreten, die den Gerichtssaal und die Menschenmenge noch sehen können, die groben Gesichter der Polizisten und der Berufsverbrecher, die eingefallenen Gesichter der Liederlichen, die unwirklichen Gesichter der gestikulierenden Anwälte – die all das wie ein neues Bild oder ein unbekanntes Stück erblicken können.

Unsere Zivilisation ist übereingekommen, und zwar mit großem Recht, daß die Entscheidung über Schuld oder Unschuld von Menschen zu wichtig ist, als daß man sie in die Hände eigens ausgebildeter Leute legen dürfte. Wenn sie wünscht, daß Licht auf diese furchtbare Frage fällt, dann zieht sie Menschen heran, die nicht mehr vom Recht verstehen als ich, die aber das empfinden können, was ich auf der Geschworenenbank empfand. Wenn eine Bibliothek katalogisiert oder das Sonnensystem erforscht werden soll oder irgendwelche Trivialitäten dieser Art, dann gebraucht sie ihre Spezialisten. Aber wenn es um etwas wirklich Ernstes geht, versammelt sie zwölf gewöhnliche Männer, die gerade herumstehen. Dasselbe tat, wenn ich mich recht erinnere, der Begründer des Christentums.

DIE SONDERLICHEN REISENDEN

Vor einiger Zeit habe ich – zu meinem großen Erstaunen – einen Zug erreicht; er fuhr in die östlichen Grafschaften, ich aber erreichte ihn noch. Und während ich (unter allgemeiner Bewunderung) den Zug entlangrannte, fiel mir auf, daß eine bemerkenswerte, eine eigenartig große Anzahl von Abteilen das Schild »Reserviert« trugen. An fünf, sechs, sieben, acht, neun Abteilen klebte der kleine Zettel; aus fünf, sechs, sieben, acht, neun Fenstern starrten breite Männer ausdruckslos, doch mit Inhaberstolz heraus. Ihre Körper schienen besonders undurchdringlich, ihre Gesichter besonders gelassen. Das Derby konnte es nicht sein, und sei es auch nur wegen der falschen Strecke und des falschen Tages. Es konnte kaum der König sein, kaum der französische Präsident. Denn obwohl diese distinguierten Personen gerne drei Stunden lang ganz für sich sind, erscheinen sie doch vorher zumindest drei Minuten in der Öffentlichkeit. Eine Menschenmenge kann sich sammeln und zusehen, wie sie in den Zug steigen, und hier gab es keine und auch kein Polizeizeremoniell.

Wer waren diese erhabenen Persönlichkeiten, die mehr Platz einnahmen als der Betriebsausflug einer Baustelle und doch empfindlicher und zurückhaltender waren als die Suite des Königs? Wer war das, zahlreicher als ein Mob, geheimnisvoller als ein Monarch? War es möglich, daß der Zar, der angeblich gerade von unserem Königshaus besucht wurde, tatsächlich hierorts einen Besuch machte? Hält das Oberhaus Betriebsausflüge ab? Ich wartete und wunderte mich, bis der Zug langsamer wurde und hielt – an irgendeiner Station auf der Strecke nach Cambridge. Dann stiegen die breiten, undurchdringlichen Männer aus, und nach ihnen die distinguierten Inhaber der reservierten Plätze. Diese waren alle ordentlich in dieselbe Farbe gekleidet, sie hatten säuberlich kurzgeschorenes Haar, und sie waren aneinandergekettet.

Ich sah quer durchs Abteil zu meinem einzigen Mitreisenden hinüber, und unsere Blicke trafen sich. Es war ein kleiner, müde dreinschauender Mann, und wie ich später erfuhr, war er in Cambridge geboren; so wie er aussah, mochte er dort irgendein Handwerk betreiben – ein Schneidergeselle oder ein kleiner Uhrmacher. Um ein wenig Konversation zu machen, fragte ich mich laut, wohin die Gefangenen wohl reisen mochten. Um seinen Mund zuckte die instinktive Ironie unserer armen Leute, und er sagte: »Na, wohl kaum ans Meer mit ihren Schäufelchen und Eimerchen.« Ich war natürlich entzückt, und im gleichen Stil literarischer Erfindung schlug ich vor, daß möglicherweise Professoren auf diese Weise nach Cambridge abtransportiert wurden. Da er dort wohnte und verschiedene Professoren vom Sehen kannte, gefiel ihm das Projekt. Als wir aufgehört hatten zu lachen, wurden wir plötzlich ganz still, und die melancholischen grauen Augen des Mannes wurden trauriger und leerer als die offene See. Ich wußte, was er dachte, denn ich dachte dasselbe – denn alle modernen Sophisten sind nur Sophisten, und es gibt so etwas wie *eine* Menschheit. Dann endlich – und es kam so genau an der richtigen Stelle wie der letzte Ton einer Melodie, an die man sich erinnern will – sagte er: »Nun ja, wir müssen's wohl tun, nehm ich mal an.« Und in diesen drei Dingen – seiner ersten Rede und seinem Schweigen und seiner zweiten Rede – lagen all die drei großen fundamentalen Tatsachen der englischen Demokratie beschlossen: ihr profunder Humor, ihr profundes Pathos und ihr profundes Gefühl der Hilflosigkeit.

Man kann es nicht oft genug wiederholen, daß jede echte Demokratie aus einem Versuch besteht (wie der einer launigen Gastgeberin), zuzusehen, daß die schüchternen Leute den Mund aufmachen. Für alle praktischen Zwecke eines Staates wie einer Teegesellschaft muß der erhöht werden, welcher sich selbst erniedrigt. Bei einer Teegesellschaft ist ebenso klar: Wer sich selbst erhöht, ist zu erniedrigen, möglichst ohne körperliche Gewalt. Nun redet man immer davon, daß die Demokratie eine grobschlächtige und turbulente Angelegenheit sei – das ist schon rein geschichtlich gesehen ein klarer Irrtum. Die Aristokratie ist es, die immer grobschlächtig und turbulent war: Denn sie wendet sich an Leute voll von unbändigem Selbstvertrauen. Demokratie aber heißt, an jene Menschen zu appellieren, die sich kaum etwas zutrauen. Demokratie bedeutet, Menschen zum Wahlen zu bringen, die niemals die Dreistigkeit zum Regieren besäßen – und es sollten (der christlichen Ethik zufolge) genau diejenigen regieren, die nicht die Dreistigkeit dazu haben. Ein starkes Beispiel für diese Wahrheit bietet mein Freund aus dem Zug. In der öffentlichen Diskussion über Verbrechen und Strafe hören wir eigentlich immer nur zwei Arten von Leuten, und diese zwei sind sehr seltene und abnorme Typen.

Wir hören den kraß sentimentalen Mann, der daherredet, als gäbe es gar kein Problem – als würde ein wenig unmittelbare Zuwendung alles lösen, als müßte man Nero nur auf die Schulter klopfen und Iwan dem Schrecklichen kurz übers Haar fahren. Dieser Glaube an körperliche Philanthropie ist eigentlich gar nicht sentimental, er ist snobistisch. Denn wenn körperliche Behaglichkeit die Menschen tugendhaft machte, müßten die behaglich lebenden Klassen voll der Tugend sein – was absurd ist. Auf der anderen Seite hören wir den noch schwächlicheren und wäßrigeren sentimentalen Typus: Ich meine jenen sentimentalen Menschen, der »Auspeitschen, den Abschaum!« prustet oder einem mit unschuldiger Obszönität erzählt, was er mit einem bestimmten Mann »gerne machen würde«, immer vorausgesetzt, daß dieser Mann gefesselte Hände hat.

Das ist der weibischere Typ von beiden, doch beide sind schwach und ein wenig hysterisch. Und nur diese beiden Typen, den sentimentalen Menschenfreund und den sentimentalen Schinderknecht, vernimmt man in unserem modernen Babel. Man trifft sie nur selten in einem Zugabteil, bei einer Podiumsdiskussion hört man nie jemand anderen. Aber wenn man einen Mann im Zug trifft, ist er wie der, der mir begegnete: Er hat anständige Gefühle, aber intellektuelle Zweifel. Weit davon entfernt, sich genüßlich an den abstoßenden Dingen zu ergötzen, die man mit Kriminellen »machen« könnte, hat er das bittere Gefühl, wie sehr viel besser es wäre, wenn man gar nichts machen müßte. Aber es muß etwas geschehen. »Wir müssen's wohl tun.« Kurz, er ist ein geistig gesunder Mann, und für diesen gibt es nur eine einzige sichere Definition: Er ist ein Mann, der im Herzen die Tragödie tragen kann, die Komödie im Kopf.

Die wirkliche Schwierigkeit bei der anständigen Diskussion der angemessenen Behandlung von Verbrechern liegt darin, daß beide Parteien die Sache ohne ein direktes menschliches Gefühl diskutieren. Die Ankläger der Mißstände sind so kalt wie deren Verwalter. Die Philanthropie ist so hart wie die Unmenschlichkeit.

Nehmen wir ein praktisches Beispiel. Ich bin der Meinung, daß das Auspeitschen in unseren modernen Gefängnissen eine schmutzige Folter ist – die ganzen wissenschaftlichen Accessoires, die Photographien, die ärztliche Überwachung beweisen nur, daß man hier an die letzte dreckige Grenze geht, wie mit Daumenschrauben und spanischen Stiefeln. Die Peitsche ist nichts anderes als das Streckbett – ohne dessen Vernunftbegründung. Im Besitz dieser Überzeugung schlage ich die üblichen philanthropischen Bücher oder Broschüren auf und finde dort einen Satz wie: »Die Peitsche ist ein Überbleibsel der Barbarei.« Das ist der Pflug auch. Und das Fischnetz. Das sind auch das Signalhorn, der Wanderstab und das Feuer im Winter. Was für eine unaussprechlich schwächliche Phrase für etwas, das man angreifen will – ein Überbleibsel der Barbarei! Es ist, als ginge morgen ein Mann nackt die Straße hinunter, und wir sagten, seine Kleider seien nicht nach dem letzten Schnitt. Es liegt nichts besonders Häßliches darin, daß etwas ein Überbleibsel der Barbarei ist. Der Tanz ist ein Überbleibsel der Barbarei. Der Mensch ist ein Überbleibsel der Barbarei. Die Zivilisation ist ein Überbleibsel der Barbarei.

Aber die Folter ist es durchaus nicht. Der einfachsten Wahrheit nach ist sie schlicht ein Überbleibsel der Sünde – doch historisch könnte man nun wirklich sagen, daß sie ein Überbleibsel der Zivilisation ist. Sie ist immer besonders künstlerisch und elaboriert gewesen, wenn alles andere besonders künstlerisch und elaboriert war. Deshalb war sie detailliert und erlesen im späten Römischen Reich, im komplexen und prächtigen sechzehnten Jahrhundert, in der zentralisierten französischen Monarchie hundert Jahre vor der Revolution und in der großen chinesischen Zivilisation bis auf den heutigen Tag. Das ist das Fürchterliche, an das wir immer denken müssen, zuerst und zuletzt: Insofern wir gebildeter und kultivierter werden, bewegen wir uns ganz und gar nicht auf natürlichem Wege von der Folter weg. Vielleicht bewegen wir uns auf sie zu. Wir müssen hinschauen, was wir tun, wenn wir die riesenhafte geheime Grausamkeit vermeiden wollen, die jede historische Zivilisation gekrönt hat.

Der Zug fährt schneller durch die sonnigen englischen Felder. Man hat die Gefangenen fortgebracht, und ich weiß nicht, was mit ihnen geschehen ist.

EIN KRIMINELLER KOPF

Wenn Männer der Wissenschaft (was häufig nur heißt: Männer, die von der Wissenschaft reden) davon sprechen, man müsse die Geschichte oder die Gesellschaft wissenschaftlich untersuchen, dann vergessen sie immer, daß es hier um zwei ganz verschiedene Fragen geht. Es mag wohl sein, daß bestimmte Tatsachen des Körpers mit bestimmten Tatsachen der Seele in Verbindung stehen, aber daraus folgt keineswegs, daß eine Kenntnis der körperlichen Tatsachen auch eine Kenntnis der seelischen impliziert. Jemand mag sehr gelehrt erläutern, daß eine bestimmte Rassenmischung zu einer glücklichen Gemeinschaft führt, kann dabei aber völlig im Irrtum sein (er ist es meistens), welche Gemeinschaften glücklich sind. Einer mag wissenschaftlich demonstrieren, daß ein gewisser äußerer Typus einen wirklich bösen Menschen anzeigt, mag sich aber vollkommen darin täuschen (er tut es meistens), was für Menschen wirklich böse sind. So ist seine ganze Argumentation wertlos, denn er begreift nur die Hälfte der Gleichung.

Die trostlosere Sorte von Professor mag daherkommen und sagen: »Kelten sind erfolglos – sehen Sie sich zum Beispiel die Iren an.« Darauf würde ich erwidern: »Sie wissen vielleicht alles über die Kelten, aber ganz offensichtlich nichts von den Iren. Die Iren sind überhaupt nicht erfolglos, es sei denn, Erfolglosigkeit bestünde darin, aus dem eigenen Land über einen großen Teil der Erde zu wandern; in diesem Fall sind es die Engländer auch.« Ein Mann mit einem massiv knolligen Kopf mag (als eine Art Neujahrsgruß) zu mir sagen: »Idioten sind mikrozephalisch«, oder was auch immer. Darauf würde ich antworten: »Um sich da sicher zu sein, müssen Sie ein Kenner sowohl der physiologischen wie der psychologischen Tatsachen sein. Es reicht nicht, daß Sie einen kleinschädligen Kopf sofort identifizieren. Es ist auch erforderlich, daß Sie einen Idioten erkennen, wenn Sie einen zu Gesicht bekommen – und ich habe den Verdacht, daß Sie das nicht können, selbst nach lebenslanger enger Bekanntschaft.«

Das Problem mit den meisten Soziologen, Kriminologen und so fort liegt darin, daß ihre Kenntnis der eigenen Spezialdetails erschöpfend und komplex ist, ihre Kenntnis des Menschen und der Gesellschaft – auf die ja erstere angewandt werden soll – ganz außerordentlich albern und oberflächlich. Sie wissen alles über Biologie und so gut wie nichts vom Leben. Ihre Vorstellungen von Geschichte beispielsweise sind nur billig und ungebildet. So hat irgendein berühmter und bescheuerter Professor den Schädel von Charlotte Corday vermessen, um Aufschlüsse über den kriminellen Typus zu gewinnen; er besaß nicht genug historische Kenntnis, um zu wissen: Sofern es so etwas wie den »kriminellen Typus« geben mag, gehörte Charlotte Corday ihm gewiß nicht an. Der Schädel war, wie sich später herausstellte, gar nicht (wenn ich mich recht erinnere) von der Corday, aber das ist eine andere Geschichte. Entscheidend ist, daß der gute Mann versucht hat, das Bewußtsein von Charlotte Corday mit ihrem Schädel in Bezug zu setzen, ohne eine Ahnung von ihrem Bewußtsein zu haben.

In einer Illustrierten steht einer der üblichen Artikel über Kriminologie: Erörtert wird die Frage, ob man böse Menschen gut machen könnte, wäre es möglich, ihre Köpfe auseinanderzunehmen. Da die bei weitem bösesten Menschen, von denen ich weiß, viel zu reich und mächtig sind, um sich je dieser Prozedur zu unterwerfen, läßt mich diese Spekulation kalt. Ich vermisse allerdings immer schmerzlich – eine seltsame Lücke – in jenen Porträtgalerien schlimmer Beispiele die Bilder lebender Millionäre; die meisten Abbildungen, bei denen wir aufgefordert werden, die Nasenlinie oder die Stirnkrümmung zu beachten, sind die von gewöhnlichen traurigen Männern, die gestohlen haben, weil sie hungrig waren, oder getötet, weil sie rasend waren vor Zorn. Die physischen Besonderheiten scheinen unendlich variabel – einmal ist es der unverkennbare eckige Kopf, dann ist es der typische Rundschädel; manchmal weisen die Gelehrten uns auf die abnormal starke Ausprägung des Hinterkopfes hin, manchmal auf deren auffallendes Fehlen. Ich habe versucht, herauszufinden, was der invariable Faktor ist, das einzige dauerhafte Zeichen des kriminellen Typus; nach umfassenden Klassifikationsstudien komme ich zu dem Ergebnis, daß es die Armut ist.

Doch beim Besehen der Bilder dieses Artikels traf mich der endgültige Schock: die Erleuchtung, die mich nun auf Dauer über die Tatsache belehrt hat, daß die Kriminologen generell ignoranter sind als die Kriminellen. Unter den hungrigen und verbitterten, doch durchaus menschlichen Gesichtern war ein Kopf zu sehen – säuberlich, wenn auch altmodisch, mit dem Puderhaar des achtzehnten Jahrhunderts frisiert und von jener fast altjüngferlichen Korrektheit der Kleidung, die um 1790 die obere Mittelklasse bezeichnete. Das Gesicht war schmal und steif in die Höhe gereckt, die Augen starrten mit einer schrecklichen Aufrichtigkeit geradeaus, der Mund war fest – von einer heroischen Festigkeit, die um so bewegender war, als die Züge eine gewisse Zartheit und einen Mangel männlicher Kraft zeigten. Ohne zu wissen, wer dies war, hätte man erraten können, daß es sich hier um einen Mann handelte wie Shakespeares Brutus – einen Mann der schärfsten guten Absichten, geneigt, eine Regierung als eine bloße Moralmaschinerie zu betrachten, sehr sensibel gegenüber jedem Vorwurf der Inkonsequenz und ein wenig allzu stolz auf sein sauberes und anständiges Leben. Dies, sage ich, hätte ich fast allein aus dem Gesicht gelesen, selbst wenn ich nicht gewußt hätte, wer es war.

Aber ich wußte es. Es war Robespierre. Und unter dem Porträt dieses blassen und übereifrigen Moralisten standen die bemerkenswerten Worte geschrieben: »Defizienz der ethischen Instinkte«, gefolgt von irgendwelchen Ausführungen, er habe keine Gnade gekannt (was gewiß nicht wahr ist), und irgendeinem Unsinn über eine fliehende Stirn, eine Eigenheit, die er mit Ludwig XVI. und der halben Bevölkerung seiner Zeit und der unseren teilte.

Da geschah es, daß ich die ungeheuerliche Distanz zwischen dem Wissen und der Ignoranz der Wissenschaft ermaß. Denn ich wußte nun, daß die gesamte Kriminologie schlimmer als nutzlos sein dürfte, weil sie so ganz und gar nichts von dem menschlichen Material begriff, von dem zu reden sie vorgab. Der Mann, der es fertigbringt, Robespierre defizient in seinen ethischen Instinkten zu nennen, ist ein Mann, den man bei jeder Diskussion über Ethik ganz und gar ignorieren kann. Er hätte ebenso sagen können, daß es John Bunyan an ethischen Instinkten fehlte. Man kann sagen, daß Robespierre morbid und verwirrt war, und man kann dasselbe von Bunyan sagen. Aber wenn diese beiden Männer morbid und verwirrt waren, dann deshalb, weil sie ein zu starkes Moralgefühl hatten und nicht ein zu schwaches. Man könnte, wenn man wollte, auch sagen, daß Robespierre – im Sinne eines bestimmten Mangels – verrückt war. Doch wenn er verrückt war, dann war er verrückt nach Ethik. Er und eine Schar energischer und streitbarer Männer, voll intellektueller Ungeduld angesichts der Unvernunft und des Übels, beschlossen, daß Europa nicht auf Schritt und Tritt erstickt werden sollte von Oligarchien und Staatsgeheimnissen, die bereits stanken. Die Arbeit, die sie vollbrachten, war die größte, die Menschen je aufgegeben wurde, seit das Christentum Europa aus dem Abgrund der Barbarei in den finsteren Jahrhunderten zerrte. Aber sie haben sie getan, und niemand sonst hätte sie tun können.

Wir gewiß nicht. Wir sind nicht bereit, wegen einer Frage der Gerechtigkeit den Kampf mit ganz Europa aufzunehmen. Wir sind nicht bereit, unsere mächtigste Klasse wie Abfall dem Ausland hinzuwerfen; wir sind nicht bereit, mit einem Schlag die großen Güter zu zerschmettern; nicht bereit, auf den fürchterlichen Augenblick vollkommener Auflösung zu vertrauen, von dem an alle Dinge klar werden sollen und alle Menschen ihre Ehre haben. Wir sind nicht stark genug, so stark zu sein wie Danton. Wir sind nicht stark genug, so schwach zu sein wie Robespierre. Es gibt anscheinend nur eines, was wir vermögen: Wie eine Horde Kinder können wir auf diesem alten Schlachtfeld unsere Spiele treiben; wir können die Knochen und Schädel der Tyrannen und Märtyrer jenes unvorstellbaren Krieges ausgraben, und wir können kindisch und unschuldig von Schädeln plappern, die imbezill, und von Köpfen, die kriminell sind.

Ich weiß nicht, welches die kriminellen Köpfe sind, aber ich glaube, die imbezillen Köpfe kenne ich.

Es gibt Dinge, an welche sich die Welt nicht gerne erinnern läßt, denn es sind die erstorbenen Liebschaften der Welt. Eine davon ist jener Enthusiasmus für das arkadische Schäferleben, der – wie sehr er auch jetzt dem Spott des Realismus ausgesetzt sein mag – fraglos während eines enormen Zeitraums die Weltgeschichte regierte, von den Zeiten an, die wir als die Antike bezeichnen, bis hinein in die, welche schon als Moderne gelten können. Die Vorstellung von dem unschuldigen und heiteren Leben von Schäfern und Schäferinnen fesselte die Zeitalter von Theokrit, Vergil, Catull, Dante, Cervantes, Ariost, Shakespeare und Pope. Wir lesen, daß die Götzen der Heiden aus Stein und Erz waren, doch Stein und Erz haben nicht so lange überdauert wie die kleine Porzellanschäferin. Die katholische Kirche und der ideal gedachte Schäfer sind tatsächlich so ziemlich die einzigen Ideen, welche den Abgrund zwischen der alten Welt und der neuen überbrückt haben. Doch, wie gesagt, die Welt läßt sich ungern an den Enthusiasmus ihrer Jugend erinnern.

Doch die Phantasie (Funktion des Historikers) kann ein so bedeutsames Element nicht außer acht lassen. Der einfältige Revolutionär glaubt für gewöhnlich, die Phantasie sei etwas nur Rebellisches und ihr hauptsächlicher Zweck sei der Entwurf neuer, phantastischer Gemeinwesen. Doch ihr höchster Zweck liegt in retrospektiver Verwirklichung. Die Posaune der Phantasie ruft wie die des Jüngsten Tages die Toten aus ihren Gräbern. Die Phantasie schaut Delphi mit den Augen eines Griechen an, Jerusalem mit den Augen eines Kreuzfahrers, Paris mit denen eines Jakobiners und Arkadien mit denen eines Manieristen. Die erste Aufgabe der Phantasie liegt darin, uns zu zeigen, daß unsere gesamte Lebensordnung ein Block schichtweise übereinander erstarrter Revolutionen ist. Allen Revolutionären zum Trotz muß betont werden, daß die Phantasie nicht die Aufgabe hat, ferne Dinge wahr werden, sondern wahre Dinge wieder fern erscheinen zu lassen – nicht aus Wundern Tatsachen, sondern aus Tatsachen

Wunder zu machen. Für den phantasiebegabten Menschen sind alle Binsenweisheiten paradox, denn sie waren paradox in der Steinzeit; schon die Schulfibel glüht ihm vor hanebüchenen Ketzereien.

Betrachten wir denn in diesem Licht das alte pastorale oder arkadische Ideal. Doch eines muß zuerst klar hervorgehoben werden: Diese arkadische Kunst und Literatur ist eine untergegangene Leidenschaft. Sie zu studieren ist wie in den Liebesbriefen eines Toten zu wühlen. Ihre Blumen erscheinen uns schäbig und künstlich wie Ballrosetten; die Lämmer, die zur Flöte des Schäfers springen, scheinen mit der Künstlichkeit eines Balletts zu tanzen. Selbst unsere prosaische Plackerei kommt uns fröhlicher vor als solcher Müßiggang. Wo der alte Überschwang die Grenzen der Weisheit oder selbst der Tugend überschritt, scheint seine wilde Bewegung trotzdem in die Stille eines antiken Frieses eingefroren. In diesen grauen Bildern scheint ein Bacchanal so langweilig wie ein Landesbischof. Selbst ihre Sünden scheinen kälter zu sein als unsere Verbote.

All dieses mag man offen zugeben: All die öde Sentimentalität des arkadischen Ideals und all seinen unverschämten Optimismus. Doch wenn all das gesagt ist, bleibt noch etwas.

Lange Zeitalter hindurch, in welchen die arrogantesten Machtidole und raffiniertesten Kulturvorstellungen unangefochten regierten, stand das Ideal des vollkommenen und gesunden Schäfers zweifellos in irgendeiner Weise für die Vorstellung, daß in der Einfachheit eine Würde liege, eine Würde in der Arbeit. Für den Aristokraten der alten Zeiten war es gut, zu glauben, daß die Unschuld und Weisheit der Erde, konnte er sie auch selbst nicht erlangen, doch die priesterlichen Geheimnisse der Armen seien. Gut zu glauben, daß, wenn auch kein Himmel über ihm lag, sich doch unter ihm der Himmel auftue. Gut, daß in ihm während all seiner prächtigen Triumphe das Gefühl nie erlosch, das mit den Worten beschrieben wurde: Darum ist noch eine Ruhe vorhanden.

Die Vorstellung des idealen Schäfers scheint für unsere moderne Auffassung absurd. Aber am Ende war es vielleicht der einzige Beruf, den die Demokratie kennt, der auf gleichen Fuß mit den Berufen der Aristokratie gestellt wurde, und zwar von den Aristokraten selbst. Der Schäfer der Pastoraldichtung war zweifellos höchst verschieden von einem realen Schäfer. Wo der eine unschuldig seinen Schafen auf der Flöte vorspielte, rief der andere ihnen unschuldige Flüche nach, und der Unterschied in geistiger Begabung und Sauberkeit war immens. Doch der Unterschied zwischen dem idealen Schäfer, der mit Amaryllis tanzte, und dem realen Schäfer, der ihr eins aufs Maul gab, ist kein Jota größer als der Unterschied zwischen dem idealen Soldaten, der stirbt, um eine Fahne zu erobern, und dem realen, der lebt, um seine Montur zu putzen, zwischen dem idealen Priester, der stets an einem fremden Bett wacht, und dem realen, der so froh wie andere Menschen auch ist, in sein eigenes zu kommen. Es gibt in jedem Beruf ideale Vorstellungen und reale Menschen, doch nur wenige protestieren gegen die Ideale, und am Ende auch nicht viele gegen die realen Menschen.

Tatsächlich sieht es so aus: Weit davon entfernt, zu bedauern, daß es in der Kunst und Literatur einen idealen Schäfer gibt, bedauere ich aufrichtig, daß der Schäfer der einzige demokratische Beruf ist, den man je auf die Ebene der heroischen Berufe einer aristokratischen Epoche gehoben hat. Ich habe nicht nur gegen den idealen Schäfer nichts einzuwenden, ich wünschte mir einen idealen Postboten, einen idealen Krämer und einen idealen Klempner. Zweifellos lachen wir bei der Idee eines idealen Postboten – wir tun es und beweisen damit, daß wir keine echten Demokraten sind.

Zweifellos wäre der moderne Krämer, würde man ihn auffordern, sich recht arkadisch zu benehmen und einen symbolischen Tanz aufzuführen, in dem sich die Freuden des Krämerlebens ausdrückten, oder auf einem einfachen Instrument zu spielen, während seine Verkäufer um ihn herumspringen, in gewisser Verlegenheit – würde sich vielleicht sogar weigern. Doch muß man fragen, ob dieses Zögern des Krämers eine gute Sache ist und als Indiz für einen gesunden Zustand des poetischen Gefühls im Krämerstand insgesamt gelten kann. Sicherlich sollte jeglicher Beruf ein Idealbild seiner Gesundheit und seines Glücks besitzen, und dessen Wirklichkeitsferne ist nicht die einzige wichtige Frage. Niemand wird davon ausgehen, daß die ganzen traditionellen Vorstellungen von Pflicht und Ruhm stets im Bewußtsein beispielsweise eines Soldaten oder Arztes wirksam sind, daß die Schlacht bei Waterloo tatsächlich den Gemeinen mit Freude seine Stiefel wichsen läßt oder daß der Gedanke an den Eid des Hippokrates das Vokabular eines um zwei Uhr morgens aus dem Bett geholten Arztes sänftigt. Wenn aber auch kein Ideal die häßliche Plage, die schäbigen Einzelheiten eines Berufes abschafft, so existiert dieses Ideal doch im Fall des Soldaten oder Arztes jedenfalls im Hintergrund und läßt die Plackerei insgesamt als lohnend erscheinen. Es ist ein ernstlich zu beklagender Mangel, daß kein solches Ideal für die große Anzahl ehrbarer Gewerbe und Berufe existiert, von denen die Existenz einer modernen Stadt abhängt. Schade, daß unser gegenwärtiges Denken und Fühlen nichts enthält, was der alten Vorstellung von Schutzheiligen entspräche. Wäre dies der Fall, gäbe es einen Schutzheiligen der Klempner (und dies allein wäre schon eine Revolution, denn es würde den einzelnen Handwerker zwingen, zu glauben, daß es einst ein vollkommenes Wesen gab, das tatsächlich gelötet hat).

Nach allem glauben wir, daß die Frage zumindest offenbleibt, ob die Welt nicht mit dem völligen Verschwinden des Ideals eines glücklichen Landmanns etwas verloren hat. Es ist töricht genug, zu glauben, der Landmann ginge mit bunten Bändern behängt einher, doch immer noch besser, als zu glauben, er ginge in Fetzen und sei sich dessen gar nicht bewußt. Das moderne realistische Studium der Landbevölkerung führt tatsächlich den Forscher tiefer in die Irre als die alte Idylle. Denn das Chiaroscuro des einfachen Lebens nehmen wir nicht richtig wahr, solange seine Tugenden uns ebenso krud erscheinen wie seine Laster und sein Vergnügen so dumpf wie seine Sorgen. Wahrscheinlich ist in eben demselben Augenblick, in dem wir nur einen stumpfgesichtigen Mann sehen, der mit seinen Freunden in einer Kneipe raucht und viel trinkt, dieser Mann mit ganzer Seele auf einem Fest, bekränzt mit Blumen eines leidenschaftlichen Müßigganges, und dem legendären zufriedenen Landmann weitaus ähnlicher, als je die Welt ahnen wird.

DER GÄRTNER UND DIE GOLDMÜNZE

Streng genommen gibt es so etwas wie einen englischen Bauern nicht. Tatsächlich kann der Typus des Bauern nur in einer Gemeinschaft existieren, so sehr hängt er ab von Kooperation und gemeinsamen Gesetzen. Man kann nicht an einen französischen Bauern im Singular denken, ebensowenig wie an eine einzelne irische Sommersprosse. – Der Plural des Wortes ist seine angemessene Form – einen Bauern gibt es erst, indem es eine Bauernschaft gibt. Das Wesen des bäuerlichen Ideals ist Gleichheit, und man kann nicht ganz alleine gleich sein.

Trotzdem – weil die Menschennatur immer nach dem verlangt, was zu ihrem Glück notwendig ist, und es sich halbwegs zu erschaffen weiß – gibt es Annäherungen und Andeutungen der Möglichkeit eines solchen Standes selbst in diesem Lande. Die nächste Näherung an das Temperament des Bauern ist in England der Landgärtner. Natürlich nicht der große, nach wissenschaftlichen Methoden arbeitende Gärtner, der zu den Herrenhäusern gehört; er ist der Diener eines reichen Mannes und ist so wie alle anderen Diener. Ich meine den kleinen Gelegenheitsgärtner, der für zwei oder drei Gärten bescheidenen Umfangs arbeitet, der seine Arbeit alleine tut, der manchmal in seinem eigenen Haus wohnt und oft sein eigenes Werkzeug hat. So ein Mann besitzt wirklich einige Züge des echten Bauern – vor allem jene, die den Leuten nicht passen. Er hat nichts von der rücksichtslosen Fröhlichkeit, die der Trost der meisten Armen in England ist. Oft mögen sogar die Besitzer der Sträucher und Blumen den Gärtner nicht leiden, denn dieser prophezeit (wie

Micha) nicht Gutes, sondern eitel Böses. Der englische Gärtner ist bärbeißig, kritisch, er kennt seinen Wert; manchmal ist er sogar sparsam. Und das kommt nicht daher, daß (wie der rasche Witz meines Lesers mir jetzt sofort zurückgibt) der englische Gärtner immer ein schottischer Gärtner ist. Der Typus existiert rein südenglisch, in Blut und Sprache; ich habe mit ihm gesprochen. Ich habe sogar erst kürzlich abends mit dem Typus geredet, als ein eigenartiger Zwischenfall eintrat.

Es war einer der wunderbaren Abende, an denen der Himmel warm und leuchtend ist, während die Erde immer noch kalt und naß daliegt. Doch es gehört zum Wesen des Frühlings, daß er unerwartet kommt – wie in der heroischen und abgedroschenen Verszeile: Er naht, »eh es die Schwalbe wagt«. Der Frühling ist nur deshalb Frühling, weil er zu früh kommt. Und an einem solchen Tage kann man ohne Blasphemie darum beten, daß der Frühling auf Erden kommen möge wie im Himmel. Der Gärtner ging der Gartenarbeit nach. Ich nicht. Es ist sinnlos, die Ursachen dieses Unterschiedes zu erklären; das hieße, die ungeheuerliche Geschichte zweier Seelen zu erzählen. Es ist sinnlos, denn es gibt eine ganz unmittelbare Erklärung des Falles: Der Gärtner und ich waren zwar nicht gleich in Übereinstimmung, aber gleich in unserem Unterschied. Es ist gewiß, daß er mir nicht erlaubt hätte, den Garten anzurühren, wäre ich auch vor ihm auf die Knie gefallen. Und es ist keineswegs sicher, daß ich mich herbeigelassen hätte, den Garten anzurühren, wenn er vor mir auf die Knie gegangen wäre. So liefen seine Aktivität und mein Müßiggang die langen Sonnenuntergangsstunden hindurch stetig Seite an Seite nebeneinander her.

Und all diese Zeit dachte ich darüber nach, wie schade es doch war, daß er nicht seinen Spaten in den eigenen Garten stach anstatt in meinen: Er wußte alles von der Erde und von der Unterwelt der Samenkörner, von der Auferstehung des Frühlings und von den Blumen, die in festgelegter Reihenfolge erscheinen wie eine Prozession, die ein Herold geordnet hat. Er besaß den Garten intellektuell und spirituell, ich nur politisch. Ich weiß zwar mehr von Blumen als Kohlengrubenbesitzer von der Kohle wissen – denn zumindest ehre ich sie, wenn sie an die Oberfläche der Erde gebracht werden. Ich weiß mehr von Gärten als die Besitzer von Eisenbahnaktien von der Eisenbahn zu wissen scheinen, denn ich weiß zumindest, daß es einen Menschen braucht, damit es einen Garten gibt – einen Menschen, dessen Name Adam ist. Aber wie ich über das Gras schritt, war ich von meiner Unwissenheit überwältigt – und doch ist dies falsch formuliert, denn dieses Wort deutet etwas an wie einen Sturm aus dem Himmel droben. Besser wäre es, zu sagen, daß meine Unwissenheit unter mir explodierte wie eine lang schon vergrabene Mine – und in der Tat war sie schon vor Anbeginn der Zeit gelegt worden. Grüne Bomben aus Samen und Zwiebeln barsten überall unter mir, und soweit ich wußte, mochten sie von einem Verschwörer gelegt worden sein. Ich ging beunruhigt auf diesem Aufruhr der Erde einher; der Frühling ist nichts anderes als ein fruchtbares Erdbeben. Unter mir lag das von Leben pulsierende Land, und ich fragte mich mehr und mehr, weshalb der Mann, der diesen Garten geschaffen hatte, ihn nicht auch als Eigentum besaß. Wenn ich Unwissender einen Spatenstich in die Erde tun würde, dann würde es mich erstaunen, was ich dort fände … Und eben als ich dies dachte, sah ich, daß auch der Gärtner erstaunte.

Eben als ich darüber nachdachte, weshalb der Mann, der den Spaten gebrauchte, keinen Nutzen aus dem Spaten zieht, brachte er mir etwas, das er in meiner Erde gefunden hatte. Es war ein dünnes, abgegriffenes Goldstück aus der Zeit der Georges, eine Guinee von der Art, die man, glaube ich, Spatenguineen nennt. Ein Stück Gold jedenfalls.

Wenn Sie die Parabel nicht so unmittelbar erfassen wie ich in diesem Augenblick, dann weiß ich gar nicht, ob ich sie Ihnen erklären kann. Der Gärtner wußte hundert andere runde gelbe Früchte hervorzubringen – und diese flache gelbe ist die einzige, welche ich erzeugen kann. Wie sie dahin kam, weiß ich nicht – vielleicht fiel sie

Edmund Burke aus der Tasche, weil er es so eilig hatte, nach Butler's Court zurückzukommen. Aber da war sie: Ich berichte nüchterne Tatsachen. Es mag, soweit ich weiß, ein ganzer Piratenschatz dort unter der Erde liegen – das interessiert mich nicht, denn ein Schatz ist reizlos ohne eine Schatzinsel, zu der man hinsegeln kann. Wenn es einen Schatz gibt, bleibt er dort liegen, denn mir sind all die Reichtümer egal, »die sich die kühnste Habgier kaum erträumt«, weil ich weiß, daß die Habgier keine Träume kennt, nur schlaflose Nächte. Und mein Gärtner andererseits würde sich nie dazu hergeben, den Garten umzuwühlen.

Aber ich war überwältigt von intellektuellen Empfindungen, als ich die Antwort auf meine Frage sah: die Frage, weshalb der Garten nicht dem Gärtner gehörte. Kein Epigramm hätte eine bessere Antwort ergeben als die simple Tatsache, daß die Spatenguinee auf einmal neben dem Spaten lag. Dies war das einzige unterirdische Samenkorn, das ich begreifen konnte. Nur dadurch, daß ich ein wenig mehr von dieser stumpfgelben, strapazierten Substanz besaß, gelang es mir, müßig zu sein, während er tätig war. Mein Leben ist nicht ganz und gar Müßiggang, aber es bleibt dabei, daß die Macht in dem dünnen Metallscheibchen liegt, das wir Spatenguinee nennen, und nicht in der starken Eckigkeit und dem Schwung dessen, was Spaten heißt. Dann fiel mir plötzlich ein, daß genau so, wie ich zufällig auf meinem Grund und Boden Gold entdeckt hatte, reichere Männer in den nördlichen und westlichen Grafschaften Kohle in ihrem Boden entdeckt hatten, ebenfalls zufällig.

Ich sagte dem Gärtner, da er das Ding gefunden habe, solle er es auch behalten – wenn er es mir aber verkaufen wollte, könne es vorher ordnungsgemäß geschätzt werden. Er sagte zuerst mit charakteristischer Unabhängigkeit, er würde es gerne behalten. Er sagte, es würde eine Brosche für seine Frau abgeben. Aber ein wenig später brachte er es mir ohne eine Erklärung zurück. Ich konnte um nichts in der Welt herausfinden, was der Grund für seine Ablehnung war, aber er sah finster und unglücklich drein. Hatte er eine mystischinstinktive Eingebung, daß eben solch zufälliger und irrationaler Reichtum der Ruin jeglicher Bauernschaft ist? Vielleicht empfand er vage, daß die Piratengeschichten der Knaben wahr sind und daß vergrabene Schätze etwas für Räuber sind und nicht für Produzenten. Vielleicht glaubte er, es läge ein Fluch auf solchem Kapital: auf der Kohle der Grubenbesitzer, auf dem Gold der Goldsucher. Vielleicht ist es so.

VOM VORTEIL EINES BEINES

Eine Freundin besuchte eine arme Frau, welche vor kurzem einen ihr nahen Menschen verloren hatte, und suchte nun nach einem Ausdruck des Trostes, der weder zudringlich noch allzu hilflos sein sollte. Und sie sagte schließlich: »Ich glaube, man kann solche großen Sorgen durchmachen, und am Ende geht es einem sogar besser. Was einen erschöpft, sind die kleinen.« »Da haben Sie wohl recht, Gnäfrau«, sagte die alte Frau mit Nachdruck, »und ich muß es wissen, ich hab zehn davon gehabt.« In diesem Sinne hat also die Redensart, daß die kleinen Sorgen uns am stärksten belasten, gewiß ihre Wahrheit. In ihrer allgemeineren Bedeutung steckt in ihr aber oft – mag sie auch Wahres enthalten – viel Selbsttäuschung und Irrtum. Wer große und kleine Sorgen hat, der hat das Recht, zu sagen, die kleinen fände er am bittersten; unzweifelhaft ist es wahr, daß der Rücken, der sich unter unglaublichen Lasten gebeugt hat, eine winzige neue Bürde stark empfinden kann. Ein Riese, der die ganze Erde und all ihre Tierwelt trägt, mag eine Mücke als schwere Last empfinden. Aber ich fürchte, die Maxime, daß die kleinsten Sorgen die schlimmsten sind, wird von manchen Leuten nur deshalb ge- oder mißbraucht, weil sie gar keine anderen Sorgen haben als die allerkleinsten. Die Dame mag sich dafür, daß sie dem zerknitterten Rosenblatt zürnt, mit dem Gedanken entschuldigen, mit welch außerordentlicher Würde sie die Dornenkrone trüge – notfalls. Der Herr mag es sich gestatten, das Abendessen lauthals zu verfluchen, und sich einreden, er würde mehr Haltung zeigen, wenn es lediglich ums Verhungern ginge. Wir wollen nicht leugnen, daß die Mücke auf der Schulter eine Last sein kann, aber wir wollen den Mann ignorieren, der ständig ruft, er wolle lieber einen Elefanten tragen, obwohl er weiß, daß es im ganzen Lande keinen gibt. Wohl, ein Strohhalm kann dem Kamel den Rücken brechen, aber wir möchten schon gerne wissen, ob es der letzte Strohhalm ist oder der erste.

Ich räume ein, daß diejenigen, die ernste Plagen erleiden, das Recht zu schimpfen haben – solange sie nur über etwas anderes schimpfen. Es ist eine bemerkenswerte Tatsache, daß solche Menschen, sofern sie bei Verstand sind, fast immer über etwas anderes nörgeln. Sich sehr vernünftig über die realen Übelstände des eigenen Lebens zu verbreiten ist der sicherste Weg, verrückt zu werden. Aber Menschen mit großen Schwierigkeiten reden über kleine, und der Mann, der über das zerknitterte Rosenblatt klagt, hat oft das Fleisch voll Dornen stecken. Wenn jedoch das tägliche Leben eines Mannes gewöhnlich hell und glücklich ist, dann dürfen wir fordern, er möge nicht aus jedem Maulwurfshügel ein Gebirgsmassiv machen. Ich bestreite nicht, daß Maulwurfshügel manchmal eine sehr wichtige Rolle spielen können. Die kleinen Ärgernisse haben das Übel an sich, daß sie abrupter eintreten, weil sie unsichtbarer sind – sie werfen keinen Schatten voraus, sie haben keine Atmosphäre. Niemand hat je die mystische Vorahnung gehabt, er würde über einen Erdklumpen stolpern. William III. starb, weil er über einen Maulwurfshügel fiel – er hätte bei all seinen reichen Gaben wohl kaum über ein Gebirge stolpern können. Trotz alledem dürfen wir einem prinzipiell glücklichen Mann (nicht William III.) abverlangen, daß er sich mit dem abfindet, was lediglich unbequem ist, und daß er es sogar zu einem Teil seines Glücks macht. Von blankem Schmerz und blanker Armut ist hier nicht die Rede. Ich spreche von jenen unzähligen Zufallsbeschränkungen, die immer unseren Weg markieren – das schlechte Wetter, der zwingende Aufenthalt in irgendeinem öden Zimmer oder Haus, nicht eingehaltene Verabredungen und Zusagen, Wartezeiten auf Bahnhöfen, versäumte Briefkastenleerungen, Unpünktlichkeit dort, wo wir Pünktlichkeit wünschen, oder – schlimmer – Pünktlichkeit dort, wo wir keine wollen. Von den poetischen Freuden, die sich aus alledem gewinnen lassen, singe ich – und ich singe voll Zuversicht, denn ich habe kürzlich mit dem poetischen Vergnügen experimentiert, das sich ergibt, wenn man mit einem verstauchten Fuß im Sessel sitzen muß und nur eine einzige andere Möglichkeit hat: auf einem Bein zu stehen wie ein Storch. Ein Storch ist eine poetische Metapher, insofern tat ich dies voll Eifer.

Wenn wir etwas wirklich begreifen wollen, müssen wir es stets isoliert sehen, auch wenn es an sich etwas ganz anderes symbolisiert als Vereinzelung. Wollen wir erkennen, was ein Haus ist, dann muß es ein Haus in einer unbewohnten Landschaft sein. Wollen wir darstellen, was der Mensch wirklich ist, müssen wir ihn allein in eine Wüste oder auf einen dunklen Meeresstrand stellen. Solange er eine einzelne Gestalt ist, bedeutet er alles, was die Menschheit bedeutet; solange er allein ist, bedeutet er die menschliche Gesellschaft; solange er einsam ist, bedeutet er Geselligkeit und Freundschaft. Fügt man eine zweite Figur hinzu, ist das Bild in geringerem Grade menschlich – nicht etwa in höherem. Wer allein ist, ist auch in Gesellschaft – zwei sind es nicht unbedingt. Will man das Bauen der Menschen symbolisieren, so zeichne man einen einzigen dunklen Turm an den Horizont; soll das Licht symbolisiert werden, möge ein einziger Stern am Himmel stehen. Tatsächlich steht während der ganzen seltsam erhellten Zeitspanne, die wir unseren Tag nennen, nur ein Stern am Himmel – ein riesiger, gewalttätiger Stern, den wir die Sonne nennen. Unsere Sonne ist herrlich; sechs Sonnen wären lediglich vulgär. Ein Kathedralturm ist erhaben; eine lange Reihe davon wäre wie eine Reihe weißer Straßenpfosten. Die Poesie der Kunst liegt darin, den einzelnen Turm zu sehen; die Poesie der Natur ist es, den einzelnen Baum zu erblicken; die Poesie der Liebe, der einen Frau nachzufolgen; die Poesie der Religion, den einen Stern zu verehren. Und in derselben gedankenvollen Geistesklarheit finde ich die Poesie der menschlichen Anatomie darin ausgedrückt, auf einem Bein zu stehen. Um eine vollständige und vollkommene Beinheit auszudrücken, muß das Bein in sublimer Vereinzelung dastehen, wie der Turm in der Wildnis. Wie Ibsen so großartig sagt: Das stärkste Bein ist das, das einsamst steht.

Dieses einsame Bein, auf dem ich ruhe, hat die Schlichtheit einer dorischen Säule. Die Architekten erzählen uns, die einzig legitime Funktion einer Säule sei es, Gewicht zu tragen. Diese meine Säule erfüllt ihre legitime Funktion. Sie trägt Gewicht. Da sie aus organischem Material ist, kann sie sich sogar während dieses Vorgangs verbessern – und in den Tagen, da ich so unausgewogen existiere, könnte die Beschädigung und Hilflosigkeit des einen Beines ihren Ausgleich in der erstaunlichen Kraft und klassischen Schönheit des anderen finden. Mrs. Mountstuart Jenkinson aus George Merediths *Egoist* könnte jeden Augenblick vorbeikommen und würde dann, sähe sie mich in meiner storchesgleichen Haltung, mit ebensolcher Bewunderung wie im Roman und mit buchstäblicherer Genauigkeit ausrufen: »Er hat ein Bein!« Beachten Sie, wie dieses berühmte Zitat meine Behauptung stützt, was die Vereinzelung alles Bewundernswerten angeht! Mrs. Mountstuart Jenkinson, die ein deutliches und vollkommenes Bild menschlicher Anmut malen wollte, sagte, Sir Willoughby Patterne habe ein Bein. Die ungeschlachte und peinliche Tatsache, daß er tatsächlich zwei hatte, überging sie taktvoll. Zwei Beine waren überflüssig und unnötig, eine Spiegelbildlichkeit, eine Konfusion. Zwei Beine hätten Mrs. Mountstuart Jenkinson verwirrt wie zwei Nelsonsäulen in London. Daß der Mann, der ein Bein hatte, noch ein zweites besitzen sollte – das wäre ihr als ein Trugschluß erschienen wie jener der betenden Heiden, von denen der Evangelist sagt: »Sie meinen, sie werden erhört, wenn sie viel Worte machen.« Der Mann hätte sie irritiert wie ein Tausendfüßler.

Jeglicher Pessimismus hat einen geheimen Optimismus zum Zweck. Alle Preisgabe der Lebensenergie, alle Verleugnung von

 Freude, alles Dunkel, alle Strenge, alle Ödnis hat zum wahren Ziel diese Abtrennung eines bestimmten Dinges von allem anderen, damit es köstlich und vollkommen genossen werden kann. Ich bin dankbar für die Zerrung, die diese geheimnisvolle und faszinierende Aufteilung meiner beiden Füße herbeigeführt hat. Wie lernt man, etwas zu lieben? Indem man begreift, daß es verlorengehen kann. In einem meiner Füße kann ich spüren, wie stark und herrlich ein Fuß ist; im anderen fühle ich, wie ganz anders es hätte sein können. Die Moral davon ist ganz und gar entzückend. Diese Welt und all unser Vermögen in ihr sind weitaus ungeheuerlicher und schöner, als wir jemals ahnen, sofern kein Unfall uns daran erinnert. Will man dieses grenzenlose Glücksgefühl erleben, beschränke man sich einen Augenblick lang. Wollen Sie erfahren, wie ehrfurchtgebietend und wundersam Gottes Ebenbild gestaltet ist? Stehen Sie auf einem Bein. Wollen Sie den großartigen Anblick aller sichtbaren Dinge begreifen? Kneifen Sie kurz das eine Auge zu.

VERTEIDIGUNG HÄSSLICHER DINGE

Es gibt gewisse Leute, die behaupten, daß ihnen das Äußere, das Geschlecht, die Erscheinung einer anderen Person gleichgültig wären, daß es ihnen nur um die Verbindung zweier Geister ginge, doch um diese Leute brauchen wir uns hier nicht zu kümmern. Es gibt Behauptungen, die nie jemand zu glauben gedenkt, wie oft sie auch aufgestellt werden.

Doch während uns nichts auf der Welt dazu überreden könnte, zu glauben, daß ein enger Freund von, sagen wir, Herrn Forbes Robertson nicht mit Überraschung und Unbehagen reagieren würde, sähe er diesen in der körperlichen Form von Herrn Chaplin ins Zimmer treten, so wird doch ständig die Anziehungskraft des Äußeren, welche allgemein und natürlich ist, verwechselt mit der Anziehung durch den sogenannten schönen Körper, die nicht ganz natürlich und durchaus nicht allgemein ist. Oder, um es genauer zu fassen: Die Vorstellung von körperlicher Schönheit ist derart auf eine bestimmte Form von Körperschönheit eingeengt worden, daß diese die Möglichkeiten äußerlicher Attraktivität ebensowenig erschöpft, wie die Vorstellungswelt eines achtbaren Mannes in einem bourgeoisen Vorort – sagen wir Clapham – schon alle Möglichkeiten moralischer Attraktivität enthält.

Die Menschheit ist in dieser Angelegenheit von den Griechen tyrannisiert und getäuscht worden. All ihre herrlichen Taten für die Zivilisation hätten uns nicht so völlig darüber hinwegsehen lassen dürfen, daß sie eine große und furchtbare Sünde gegen die Vielfalt des Lebens begangen haben. Es ist bemerkenswert, daß man zwar schon vor langer Zeit gegen die Juden protestiert hat, die man anklagt, der Welt mit einer strengen und einseitigen Ethik zu schaden, daß aber niemand bemerkt hat, daß uns die Griechen auf eine unendlich schrecklichere Askese verpflichtet haben – eine Askese der Phantasie, eine Verehrung eines einzigen ästhetischen Typus. Die jüdische Strenge hatte immerhin als Grundlage den guten Alltagsverstand – man erkannte, daß die Menschen in einer Welt der Tatsachen leben und daß eine Heirat innerhalb der Blutsverwandtschaft bestimmte Folgen haben konnte. Doch sie ließen ihren Instinkt für Widersprüche und merkwürdige Verbindungen nicht verkümmern – ihre Propheten gaben dem Ochsen zwei Flügel und den Cherubim jede Menge Augen, mit der schöpferischen, übermütigen Kühnheit eines Lewis Carroll. Die Griechen aber führten ihre Polizeiordnung bis ins Feenreich durch. Sie verboten nicht nur die ungehörigen Liebschaften dieser tatsächlichen Welt, sondern auch die wilden Ehen der Ideen und ließen die Gedanken nicht vor den Hochzeitsaltar.

Es ist ein höchst seltsames Schauspiel, wie sich die Monstren des griechischen Mythos unter dem verheerenden Einfluß des Apoll von Belvedere nach und nach schwächen und verdünnen. Die Chimäre war einst ein Wesen, auf das jedes Volk mit gesundem, kräftigem Geist hätte stolz sein können, doch wenn wir sie auf griechischen

Bildern sehen, fühlen wir uns aufgerufen, ihr eine Schleife um den Hals zu binden und ein Schälchen Milch vorzusetzen. Wer hat je das Gefühl gehabt, daß die Riesen der griechischen Kunst wirklich groß waren – groß, wie manche Riesen in den Märchen es gewesen sind? Es gibt eine skandinavische Geschichte, wo der Held Meile um Meile einen Gebirgskamm entlang geht, um schließlich zu entdecken, daß er sich auf dem Nasenrücken ein Riesen befindet. Das ist es, was wir mit gutem Gewissen als einen großen Riesen bezeichnen würden. Doch die Erdbebenwucht dieser Form von Phantasie erschreckte die Griechen, und ihr Erschrecken hat die ganze Menschheit aus ihrer natürlichen Liebe zu Größe, Lebendigkeit, Vielfalt, Energie, Häßlichkeit gescheucht. Die Natur wollte jedes Menschengesicht, das nur eindrücklich und individuell sein mußte, von allen anderen unterscheidbar sehen, wie eine Pappel von einer Eiche und einen Apfelbaum von einer Weide. Doch was die Gartenkunst der Holländer mit den Bäumen gemacht hat, das haben die Griechen der Menschengestalt angetan – sie haben ihre lebenden und ungebärdigen Züge abgehackt, um ihr eine bestimmte akademische Form zu geben. Sie haben Nasen abgeschnitten und Kinne zurechtgehackt, mit einer fürchterlichen gärtnerischen Gelassenheit. Und es ist ihnen wirklich gelungen, daß wir manche der machtvollsten und liebenswürdigsten Gesichter als häßlich bezeichnen und manche der dümmsten und widerlichsten Gesichter als schön. Diese peinliche *via media*, dieses lächerliche Gefühl von Würde, hat sich tiefer in die Seele der modernen Zivilisation gefressen als der äußerliche und praktische Puritanismus Israels. Der Jude hieß einen Menschen schlimmstenfalls in Ketten tanzen; der Grieche stellte ihm eine erlesene Vase auf den Kopf und hieß ihn sich nicht zu bewegen.

Die Schrift sagt, daß ein Stern sich vom anderen unterscheide in seiner Pracht, und das gleiche gilt für die Nasen. Darauf zu insistieren, daß ein bestimmter Gesichtstypus häßlich sei, weil er nicht dem der Venus von Milo gleicht, stellt die Sache in ein falsches Licht. Es ist seltsam, daß wir es anderen Menschen übelnehmen sollten, daß sie anders sind als wir – wir sollten es ihnen ja vielmehr übelnehmen, wenn sie uns ähneln. Dieses Prinzip hat in der Literaturkritik schon genug Unheil angerichtet, wo es stets Brauch ist, sich über den Mangel an Logik in einem Märchen und das völlige Fehlen echter rhetorischer Kraft in einer Drei-Akte-Farce zu beklagen. Doch das Gesicht eines anderen Menschen häßlich zu nennen, weil es auf kraftvolle Weise die Seele jenes anderen Menschen zum Ausdruck bringt, das heißt, sich zu beklagen, daß ein Krautkopf nicht zwei Beine hat. Wenn wir das tun, kann der Krautkopf nur noch darauf hinweisen – streng, aber gerecht – daß wir schließlich nicht am ganzen Leibe grün sind.

Doch diese kühle Theorie des Schönen hat sich höchstens dem Namen nach die Kunst der Welt unterworfen. In manchen Bereichen ist sie in der Tat nie zur Macht gelangt. Ein Blick auf chinesische Drachen oder japanische Götter genügt, um klarwerden zu lassen, wie unabhängig die orientalischen Völker von der konventionellen Idee des regelmäßig gebildeten Antlitzes und Körpers sind und mit wie eifriger, hitziger Freude sie die wahre Schönheit genießen, die der hervorquellenden Augen, der gespreizten Krallen, der klaffenden Münder und sich windenden Leiber. Im Mittelalter brachen die Menschen mit dem griechischen Maß der Schönheit und türmten verehrungsvoll große Bauten zum Himmel, die mit tanzenden Affen und Teufeln belebt schienen. Im vollen Sommer technisch-künstlerischer Meisterschaft wurde die Revolte durch das Studium des Menschenantlitzes auf ihren Höhepunkt geführt. Rembrandt verkündete das verständige und männliche Evangelium, daß ein Mann seine Würde nicht dann hat, wenn er aussieht wie ein griechischer Gott, sondern wenn er eine starke, eckige und knüppeldicke Nase hat, einen massiv sich wölbenden Kopf wie einen Helm und einen Kiefer wie ein Fangeisen.

Dieser Zweig der Kunst wird meist als »das Groteske« abgetan. Ich habe nie begriffen, warum es demütigend sein sollte, Gelächter zu erregen, da man so anderen einen hohen künstlerischen Genuß bereitet. Wenn ein Herr, dem wir auf der Straße begegnen, bei unserem Anblick in Tränen ausbricht, könnte man das beunruhigend und wenig schmeichelhaft finden, doch Lachen ist nie beunruhigend. Tatsächlich ist der Ausdruck »grotesk« eine irreführende Beschreibung des Häßlichen in der Kunst. Es folgt überhaupt nicht, daß die chinesischen Drachen oder die gotischen Wasserspeier oder die koboldhaften alten Frauen Rembrandts irgendwie komisch wirken sollen. Ihre Extravaganz war nicht die der Satire, sondern schlicht die Extravaganz ihrer Vitalität. Hier liegt der Schlüssel zum Ort des Häßlichen in der Ästhetik. Wir finden es schön, wenn eine Felsenklippe mit schamloser Entschiedenheit aus einem Kliff hervorragt, wir sehen die roten Fichten gern trotzig auf einem Bergkamm stehen, wir bewundern den Anblick eines Abgrundes, der von einer Seite zur anderen ein Gebirgsmassiv zerreißt. Mit ebensolchem Enthusiasmus sehen wir das rote Haar eines Freundes auf seinem Kopfe aufgerichtet und sehen seinen Mund breit und scharfgeschnitten wie ein Gebirgstal. Zumindest manche von uns sehen all dies gerne. Es ist nicht eine Frage des Humors. Wir brechen beim Anblick der Fichten oder des Abgrundes nicht sogleich in Gelächter aus, doch wir sehen sie gerne, da sich in ihnen die dramatische Ruhe der Natur ausdrückt, ihre kühnen Versuche, ihre endgültigen Brüche, ihre Furchtlosigkeit und ihr wilder Stolz auf ihre Kinder. Haben wir einmal den Bann der konventionellen Vorstellung von Schönheit gebrochen, warten Millionen schöner Gesichter überall auf uns, so wie es Millionen schöner Seelen gibt.

WEIHNACHTEN UND DIE ÄSTHETEN

Die Welt ist rund – so rund, daß sich von Anbeginn die Schulen des Optimismus und des Pessimismus streiten, ob sie richtig herum hängt. Die Schwierigkeit ergibt sich nicht so sehr aus der Tatsache, daß Gutes und Böses überall zu einigermaßen gleichen Teilen vermengt sind, sie resultiert vor allem aus dem Umstand, daß sich die

Menschen nie einig werden, welche Teile gut sind und welche böse. Das ist das Problem jeder sogenannten »konfessionell nicht gebundenen« Religion. Sie gibt an, das in sich zu vereinigen, was in allen Religionen schön ist, aber der Betrachter könnte den Eindruck haben, daß sie nur all das versammelt, was jeweils langweilig ist. Alle Farben in reiner Form vereinigt sollten ein vollkommenes Weiß ergeben. In einem menschlichen Malkasten vermengt ergeben sie so etwas wie Dreck – was an sehr viele neue Religionen erinnert. Eine derartige Vermischung ist oft etwas Schlimmeres, als es alle die Religionen für sich genommen wären, und sei darunter auch der Glaube der Thugs. Der Irrtum ergibt sich an dem Punkt, wo zu entscheiden wäre, was denn nun tatsächlich bei einer bestimmten Religion der gute und was der schlechte Teil ist.

Es ist tragisch, eine Gruppe von Menschen zu bewundern (und zwar aufrichtig), sie dabei aber wie in einem Negativphoto wahrzunehmen. Es ist schwer, sie in all ihren weißen Zügen wegen ihrer Schwärze zu beglückwünschen und in allen schwarzen wegen ihrer Weiße. Das aber wird uns beiden menschlichen Religionen des öfteren geschehen. Nehmen wir zwei Institutionen, die Zeugnis ablegen für die religiöse Energie des neunzehnten Jahrhunderts. Nehmen wir die Heilsarmee und die Philosophie von Auguste Comte.

Der Gebildete äußert sich gewöhnlich über die Heilsarmee etwa folgendermaßen: »Ich bezweifle nicht, daß diese Leute viel Gutes tun, aber sie tun es auf vulgäre und profane Weise. Ihre Ziele sind vortrefflich, aber ihre Methoden sind falsch.« Mir scheint nun unglücklicherweise das genaue Gegenteil wahr. Ich weiß nicht, ob die Ziele der Heilsarmee vortrefflich sind, aber ich bin sicher: Ihre Methoden sind bewundernswert. Ihre Methoden sind die jeder intensiven und gutgelaunten Religion: die Heilsarmee ist populär wie alle Religionen, militärisch wie alle Religionen, öffentlich und sensationell wie alle Religionen. Sie ist ebensowenig ehrfürchtig wie der Katholizismus, denn Ehrfurcht in der traurigen und subtilen Bedeutung des Wortes ist etwas, das nur den Ungläubigen möglich ist.

Dieses schöne Dämmerlicht findet man bei Euripides, Renan und Matthew Arnold, aber bei gläubigen Menschen wird man es nicht finden – dort gibt es nur Lachen und Krieg. Ein Mensch kann sich einer Wahrheit, die massiv dasteht wie Marmor, nicht in Ehrfurcht nähern – ehrfürchtig kann man sich nur einer wunderschönen Lüge nahen. Und die Heilsarmee ist, obgleich sie ihre Stimme in schäbiger Umgebung und häßlicher Form erhoben hat, wirklich die alte Stimme des frohen und zornigen Glaubens, hitzig wie das Toben der Bacchanten, wild wie die Wasserspeier der katholischen Kirche, nicht zu verwechseln mit Philosophie. Professor Huxley hat in einer seiner klugen Formulierungen die Heilsarmee »korybantisches Christentum« genannt. Huxley war der letzte und nobelste jener Stoiker, die das Kreuz nie verstanden haben. Hätte er das Christentum begriffen, so hätte er gewußt, daß es nie ein Christentum gegeben hat und niemals eines geben kann, das nicht korybantisch ist.

Es gibt bei der Einschätzung von Zielen und Methoden den Unterschied, daß es sehr schwierig ist, die Ziele etwa der Heilsarmee zu beurteilen, sehr einfach dagegen, zu einem Urteil über ihr Ritual und ihre Stimmung zu kommen. Vielleicht kann niemand außer einem Soziologen beurteilen, ob General Booths Wohnungsbauplan richtig ist. Aber jeder gesunde Mensch kann begreifen, daß es richtig ist, Messingbecken krachend zusammenzuschlagen. Eine Seite Statistik, ein Plan für Modellwohnungen, alles Rationale ist immer schwierig für den Laienverstand. Das Irrationale dagegen kann jeder verstehen. Deshalb kam die Religion so früh auf die Welt und hat sich so weit verbreitet, und die Wissenschaft kam so spät und verbreitete sich überhaupt nicht. Die Geschichte bezeugt einstimmig, daß nur die Mystik die geringste Chance hat, vom Volk verstanden zu werden. Der gesunde Menschenverstand muß als esoterisches Geheimnis im dunklen Tempel der Kultur verborgengehalten werden. Und während also die Philanthropie der Heilsarmee und deren Authentizität vernünftigerweise von den Gelehrten diskutiert werden mögen, kann es keinen Zweifel an der Authentizität ihrer Blaskapellen geben, denn eine Blaskapelle ist etwas rein Spirituelles und sucht allein das innere Leben des Menschen zu beflügeln. Die Philanthropie hat zum Ziel, Gutes zu tun; das Ziel der Religion ist es, gut zu sein, und sei es nur für einen Augenblick im Lärm der Blaskapelle.

Dieselbe Antithese gilt für eine andere moderne Religion – ich meine die Religion Comtes, allgemein bekannt als Positivismus oder Verehrung der Menschheit. Jemand wie Frederic Harrison, der brillante und ritterliche Philosoph, der immer noch durch seine bloße Persönlichkeit für dieses System Zeugnis ablegt, würde uns wohl sagen, er biete uns die Philosophie von Comte dar, verzichte aber auf all die bizarren Vorschläge Comtes für Bischöfe und Zeremonien, den neuen Kalender, die neuen Fest- und Heiligentage. Er möchte nicht, daß wir uns als Priester der Menschheit gewanden oder an Miltons Geburtstag ein Feuerwerk abbrennen. Dem soliden englischen Comtisten erscheint all dieses, das räumt er ein, einigermaßen absurd. Mir kommt es vor wie der einzige vernünftige Zug am Comtismus. Als Philosophie ist dieser unbefriedigend. Es ist ganz offensichtlich unmöglich, die Menschheit zu verehren, ebenso wie eine Verehrung des Savile-Klubs unmöglich ist – beides sind vortreffliche Institutionen, denen wir zufällig angehören mögen. Aber es ist uns doch klar, daß der Savile-Klub nicht die Sterne erschaffen hat und nicht das Universum erfüllt. Es ist doch gewiß unvernünftig, das Dogma von der Trinität als verwirrenden Mystizismus anzugreifen und andererseits die Leute aufzufordern, sie sollten eine Wesenheit verehren, die neunzig Millionen Personen in einem einzigen Gott umfaßt, wobei man weder die Personen vermengen noch die göttliche Substanz zerteilen darf.

Doch wenn die Weisheit Comtes unzulänglich war, war doch seine Torheit weise. Im Zeitalter der verstaubten Moderne, als man die Schönheit für etwas Barbarisches hielt und die Häßlichkeit für etwas Vernünftiges, erkannte er allein, daß die Menschen immer das Heiligtum des Mummenschanzes brauchen. Er erkannte, daß die Tiere alle nützlichen Dinge besitzen, daß aber die wahrhaft menschlichen Dinge die unnützen sind. Er sah, wie falsch die heute fast allgemein verbreitete Ansicht ist, daß Riten und Formen etwas Künstliches, etwas Aufgesetztes, etwas Korruptes sind. Das Ritual ist tatsächlich sehr viel älter als das Denken; es ist sehr viel schlichter und wilder. Eine Empfindung, die an das Wesen der Dinge rührt, läßt die Menschen in der Folge nicht lediglich fühlen, es sei richtig, bestimmte Dinge zu sagen – sie fühlen, daß es richtig ist, bestimmte Dinge zu tun. Die angenehmeren davon sind der Tanz, der Tempelbau und das Ausstoßen lauter Rufe; die weniger angenehmen das Tragen grüner Nelken und das Verbrennen anderer Philosophen auf dem Scheiterhaufen. Aber überall kam der religiöse Tanz vor dem Choral, und der Mensch war ein Ritualist, ehe er noch sprechen konnte. Wenn sich der Comtismus verbreitet hätte, dann wäre die Welt nicht durch die comtistische Philosophie bekehrt worden, sondern durch den comtistischen Kalender. Indem sie herunterspielen, was sie als die Schwäche des Meisters empfinden, haben die englischen Positivisten die Stärke ihrer Religion gebrochen. Wer einen Glauben hat, muß nicht nur darauf vorbereitet sein, zum Märtyrer zu werden, er darf sich auch nicht scheuen, eine komische Figur abzugeben. Es ist absurd, zu behaupten, man sei bereit, für seine Überzeugungen Opfer zu bringen und zu sterben, wenn man nicht einmal bereit ist, für sie einen Kranz im Haar zu tragen. Ich persönlich, um ein *corpus vile* heranzuziehen, bin ganz sicher, daß ich aus keinem irgend erdenklichen Grund die Werke Comtes lesen würde. Aber ich kann mir sehr gut vorstellen, daß ich mit dem größten Enthusiasmus ein Freudenfeuer am Darwintag anzünden würde.

Dieser großartige Versuch ist gescheitert, und nichts Vergleichbares ist ihm gefolgt. Es gibt keine rationalistischen Feste, keine rationalistische Ekstase. Immer noch gehen die Männer in Schwarz, weil Gott tot ist. Als das Christentum im neunzehnten Jahrhundert unter schweren Beschuß kam, wurde es an keinem Punkt so hartnäkkig und glänzend attackiert wie an dem seiner angeblichen Feindschaft gegen die menschliche Lust. Shelley und Swinburne und ihre ganzen Armeen sind wieder und wieder über dieses Schlachtfeld gezogen, aber sie haben das Terrain nicht verändert. Sie haben keine einzige Standarte oder Trophäe errichtet, um die sich die Fröhlichkeit der Welt hätte scharen können. Sie haben keinen neuen Namen, keinen neuen Gedenktag der Freude geschaffen. Swinburne hängt nicht am Vorabend des Geburtstags von Victor Hugo seinen Strumpf auf. William Archer singt keine Lieder, die Ibsens Kindheit zum Gegenstand haben, im Schnee vor den Haustüren der Leute. Im Lauf unseres traurigen rationalistischen Jahres ist nur ein Fest von all den alten Fröhlichkeiten geblieben, die einst die Erde bedeckten. Weihnachten erinnert uns noch an jene Zeiten, seien sie christlich oder heidnisch, als nicht die Wenigen Dichtung schrieben, sondern die Vielen Dichtung lebten. Im ganzen Winter unseres Lebenswaldes leuchtet nur ein einziger Baum, die Stechpalme.

Die seltsame Wahrheit der Sache sieht man schon an dem englischen Wort für den Feiertag – es ist ein heiliger Tag, *a holiday*. Unser Sprachgebrauch, der vom *bank holiday* spricht, meint offenbar einen Tag, den die Bankiers für heilig erachten. Der halb schulfreie Tag, der *half-holiday*, dürfte ein Tag sein, an welchem ein Schuljunge nur teilweise heilig ist. Es ist auf den ersten Blick schwer auszumachen, weshalb etwas so Menschliches wie Muße und Verspieltheit immer einen religiösen Ursprung haben muß. Rational betrachtet gibt es keinen Grund, weshalb wir nicht jedem beliebigen Anlaß zu Ehren singen und einander beschenken sollten – am Geburtstag Michelangelos oder am Jahrestag der Eröffnung des Euston-Bahnhofs. Aber es funktioniert nicht. Tatsächlich werden die Menschen nur dann herrlich und gierig materialistisch, wenn ein spiritueller Anlaß da ist. Man nehme das Nizäische Glaubensbekenntnis und ähnliche Dinge fort, und man tut den Wurstmetzgern ein großes Unrecht an. Wenn man die merkwürdige Schönheit der Heiligen wegnimmt, bleibt die weit merkwürdigere Häßlichkeit von Wandsworth übrig. Man nimmt das Übernatürliche weg, und was zurückbleibt, ist das Unnatürliche.

Und nun komme ich zu etwas sehr Traurigem. Es gibt in unserer modernen Welt eine bewundernswerte Schar von Leuten, die wirklich im Namen jener *antiqua pulchritudo* protestieren, von der Augustinus gesprochen hat, die sich wirklich sehnen nach den alten Festen und Förmlichkeiten aus der Kindheit der Welt. William Morris und seine Jünger haben gezeigt, wieviel heller das finstere Mittelalter war als das Zeitalter Manchesters. W. B. Yeats setzt seine Schritte in prähistorischen Tänzen – aber niemand kann in jene verschollenen Gesänge einstimmen, die ihm allein hörbar sind. George Moore sammelt jedes Fragment des irischen Heidentums, das die Vergeßlichkeit in ihrer katholischen Kirche übersehen oder das möglicherweise von ihrer Weisheit aufbewahrt wurde. Es gibt unzählige Individuen mit Monokeln und in grünen Kleidern, die für die Wiederkehr des Maibaums oder der Olympischen Spiele beten. Doch es ist irgend etwas an diesen Leuten, etwas Verwirrendes und Erschreckendes, das mich fast schließen läßt, daß sie nicht Weihnachten feiern. Es ist schmerzlich, die Menschennatur in solchem Lichte zu betrachten – aber es scheint mir möglich, daß George Moore nicht den Löffel schwenkt und schreit, wenn man den Weihnachtspudding anzündet. Es ist sogar denkbar, daß Yeats niemals den Weihnachtsbrauch des Knallbonbonziehens pflegt. Träfe dies zu, wo wäre dann der Sinn all ihrer Träume von einer festlichen Tradition? Hier haben wir eine solide und altehrwürdige Feiertradition vor uns, die auf allen Straßen die besten Geschäfte macht, aber sie empfinden das nur als vulgär. Wenn dem wirklich so ist, dann sollten sie sich über eines im klaren sein: Sie gehören zu der Art von Menschen, die zu Zeiten des Maibaums diesen für vulgär gehalten hätten, die im Zeitalter der Pilgerschaft nach Canterbury die Pilgerfahrt für vulgär gehalten hätten, die bei den alten Olympischen Spielen die Olympiade für vulgär gehalten hätten. Und es ist ja auch unbezweifelbar, daß all dies vulgär war. Bilden wir uns da nichts ein: Wenn wir unter Vulgarität lose Reden, grobschlächtiges Benehmen, Klatsch, Herumgealbere und massives Trinken verstehen, dann war Vulgarität immer gegenwärtig, wo die Freude herrschte, wo man an die Götter glaubte. Wo immer ein Glaube herrscht, herrscht Lustigkeit; wo immer Lustigkeit herrscht, gibt es Gefahren. Und wie Glaube und Mythologie dieses krasse und robuste Leben hervorbringen, so wird seinerseits das krasse und robuste Leben immer Glaube und Mythologie erzeugen. Wenn wir je das englische Volk wieder auf das englische Land zurückbringen, wird es ein religiöses Volk werden – wenn alles gut geht, ein abergläubisches Volk. Daß im modernen Leben die hohen und niedrigen Formen des Glaubens fehlen, ist vor allem die Folge einer Scheidung von der Natur und den Bäumen und Wolken. Wenn wir keinen Rübezahl mehr erblicken, dann wohl vor allem der uns fehlenden Rüben wegen.

DIE ZORNIGE STRASSE: EIN SCHLIMMER TRAUM

Ich weiß nicht mehr, ob diese Geschichte wahr ist. Wenn ich sie sehr sorgfältig durchläse, dann – habe ich den Verdacht – käme ich wohl zu dem Schluß: Sie ist es nicht. Aber leider kann ich sie nicht sorgfältig durchlesen, denn, verstehen Sie, ich habe sie noch nicht geschrieben. Ihr Bild und ihre Idee hingen mir den größten Teil meiner Kindheit an; ich habe sie vielleicht geträumt, ehe ich sprechen konnte, oder sie mir selbst erzählt, ehe ich lesen konnte, oder sie gelesen, ehe ich mich erinnern konnte. Insgesamt aber bin ich mir eigentlich sicher, das ich sie nicht gelesen habe. Denn so etwas prägt sich Kindern sehr klar ein, und von den Büchern, die ich wirklich liebte, weiß ich nicht nur Form und Größe und Einband, sondern sogar den Ort der einzelnen gedruckten Wörter auf vielen Seiten. Alles in allem neige ich zu der Ansicht, daß diese Geschichte mir zugestoßen ist, ehe ich geboren wurde.

Jetzt lassen Sie uns jedenfalls die Geschichte unter Ausnutzung aller Vorteile jener Atmosphäre erzählen, die sich an ihr festgesetzt hat. Sie können sich diskussionshalber vorstellen, daß ich zum Mittagessen in einem jener Schnellrestaurants in der City sitze, wo die Leute ihr Essen so rasch verzehren, daß es nichts mehr von Essen hat, und ihre halbstündige Pause so eilig nehmen, daß ihr nichts mehr von Muße bleibt. Sich in der Mußezeit zu beeilen ist die am wenigsten geschäftsmäßige Übung, die man sich denken kann. Alle trugen sie glänzende hohe Hüte, als hätten sie nicht einmal den Augenblick Zeit zu verlieren, um sie an einen Haken zu hängen, und alle sahen mit einem Auge zur Seite, hypnotisiert vom riesigen Auge der Uhr. Kurz, sie waren Sklaven der modernen Leibeigenschaft, man konnte ihre Fesseln klirren hören. Tatsächlich trug jeder eine Kette, die schwerste, die dem Menschen je umgehängt wurde – man nennt sie die Uhrkette.

Nun trat unter all diese ein Mann herein und setzte sich mir gegenüber, der fast sogleich einen – von mir nicht unterbrochenen – Monolog begann. Er glich all den anderen in seiner Kleidung, war aber in seinem Gebaren ihr höchst erstaunlicher Gegensatz. Er trug einen glänzenden hohen Hut und einen langen Gehrock, aber er trug sie, wie solche feierlichen Artikel getragen werden wollen; er trug den Zylinder wie eine Mitra und den Gehrock wie ein Hohepriestergewand. Er hing den Hut nicht nur an einen Haken, sondern er schien – so gravitätisch wirkte er – dabei fast die Erlaubnis des Hutes zu erbitten und sich bei dem Haken für die Benutzung zu entschuldigen. Als er auf einem Holzstuhl Platz genommen hatte (mit der Haltung eines Mannes, der Rücksicht auf die Gefühle des Stuhles nimmt) und eine Art leichter Verneigung oder Verbeugung vor dem hölzernen Tisch angedeutet hatte, als sei er ein Altar, konnte ich eine Bemerkung nicht unterdrücken, die sich mir auf die Lippen drängte. Denn der Mann war ein massiver, sanguinischer, wohlhabend wirkender Mann, und doch behandelte er alles mit einer Sorgfalt, die fast Nervosität schien.

Um irgend etwas zu sagen, was mein Interesse ausdrückte, sagte ich also: »Dieses Mobiliar ist natürlich recht solide, aber die Leute behandeln es viel zu nachlässig.«

Wie ich zögernd aufsah, trafen sich unsere Blicke, und der seine war von apokalyptischer Starre. Ich hatte ihn beim Eintreten für einen ganz gewöhnlichen Menschen gehalten, abgesehen von seiner seltsamen, vorsichtigen Art; wenn ihn aber jetzt die anderen Leute gesehen hätten, wären sie schreiend aus dem Raum gerannt. Sie sahen ihn nicht und fuhren fort, mit ihren Gabeln ein Geklapper und mit ihrer Unterhaltung ein Gemurmel zu erzeugen. Doch das Gesicht des Mannes war das eines Wahnsinnigen.

»Haben Sie mit dieser Bemerkung etwas Bestimmtes gemeint?« fragte er schließlich, und das Blut kroch ihm langsam wieder ins Gesicht zurück.

»Gar nichts«, sagte ich. »Hier meint man nichts Bestimmtes, das tut der Verdauung nicht gut.«

Er lehnte sich zurück und wischte sich die breite Stirn mit einem großen Taschentuch – und doch schien ein gewisses Bedauern in seiner Erleichterung zu liegen.

»Ich dachte schon«, sagte er leise, »daß es wieder schlimm gegangen ist mit einer – «

»Wenn Sie wieder eine Verdauung meinen«, sagte ich, »ich habe noch nie gehört, daß es mit einer gut gegangen wäre. Dies ist das Herz des Empire, und die anderen Organe sind genauso schlimm dran.«

»Nein, ich meinte, es sei schlimm gegangen mit einer Straße.« Und er fuhr schwer und ruhig fort: »Das wird Ihnen jedoch nicht viel sagen, und ich muß Ihnen wohl die Geschichte erzählen. Ich muß dafür um so weniger die Verantwortung übernehmen, als Sie sie, wie ich weiß, nicht glauben werden. Vierzig Jahre meines Lebens habe ich mein Büro, das sich in der Leadenhall Street befindet, unweigerlich um halb fünf Uhr nachmittags verlassen, in der Rechten einen Regenschirm, in der Linken meine Tasche. Vierzig Jahre, zwei Monate und vier Tage kam ich aus der seitlichen Bürotür, ging die Straße auf der linken Seite hinunter, bog um die erste Ecke links und die dritte rechts, kaufte eine Abendzeitung, folgte der Straße auf der rechten Seite um zwei stumpfe Winkel und kam direkt vor einem Stadtbahnhof an, wo ich den Zug nach Hause nahm. Vierzig Jahre, zwei Monate und vier Tage habe ich diese Strecke kraft angesammelter Gewohnheit zurückgelegt: Es war keine lange Straße, die ich entlangging, und ich brauchte etwa viereinhalb Minuten dazu. Nach vierzig Jahren, zwei Monaten und vier Tagen, am fünften Tage, ging ich ebenso hinaus, meinen Schirm rechts, meine Tasche links in der Hand, und ich bemerkte, daß der Gang die vertraute Straße hinunter mich ein wenig mehr ermüdete als sonst. Zuerst dachte ich, ich sei außer Atem, ohne Kondition – wobei auch dies mir unnatürlich schien, da meine Gewohnheiten stets wie ein Uhrwerk liefen. Doch nach einer kleinen Weile war ich überzeugt, daß die Straße deutlich steiler anstieg, als ich es je zuvor erlebt hatte; ich keuchte geradezu bergauf. Zweifellos deswegen schien auch die Straßenecke weiter entfernt als sonst, und als ich sie umrundete, war ich überzeugt, daß ich falsch abgebogen war. Denn nun schoß die Straße eine steile Steigung empor, wie man sie nur in den hügeligen Teilen Londons antrifft, und in diesem hier gab es überhaupt keine Erhebungen. Aber es war nicht die falsche Straße. Der angeschlagene Name war derselbe, die Geschäfte mit den heruntergelassenen Metalljalousien waren dieselben und die Laternenpfähle und die gesamte vor mir liegende Perspektive, nur war sie aufwärts gekippt wie ein Deckel. Ich vergaß alle Atemlosigkeit und Ermüdung und rannte voran, wie ich nur konnte, bis ich die zweite meiner gewohnten Straßenecken erreichte, die mich fast bis in Sichtweite des Bahnhofs bringen müßte. Und als ich um diese Ecke bog, stürzte ich fast auf das Pflaster. Denn nun stieg die Straße unmittelbar vor meinem Gesicht empor wie eine steile Treppe oder die Seitenfläche einer Pyramide. Meilenweit umher gab es nicht einmal eine Steigung wie Ludgate Hill, und die vor mir war wie das Matterhorn. Die ganze Straße hatte sich gehoben wie eine Welle, und doch waren jeder Zentimeter und jedes kleine Detail dieselben, und hoch in der Ferne, wie auf einer Paßhöhe in den Alpen, konnte ich in rosafarbenen Lettern den Namen meines Zeitungsladens lesen.

Blindlings rannte ich weiter, an allen Läden vorbei, und ich kam zu einem Teil der Straße, wo eine lange graue Reihe von Privathäusern stand. Ich hatte, ich weiß nicht weshalb, das Gefühl, ich sei auf einer langen eisernen Brücke im leeren Raum. Ein Impuls überkam mich, und ich zog den eisernen Deckel eines Kohlenkellerlochs hoch. Hinabschauend sah ich leeren Raum und die Sterne.

Als ich wieder aufsah, stand ein Mann in seinem Vorgarten, der anscheinend aus dem Haus gekommen war; er lehnte über das Eisengitter und sah mich an. Wir waren ganz allein auf dieser Alptraumstraße; sein Gesicht lag im Schatten, er war dunkel und gewöhnlich gekleidet; doch als ich ihn so ganz still dastehen sah, wußte ich aus irgendeinem Grund, daß er nicht von dieser Welt war. Und die Sterne hinter seinem Kopf waren größer und wilder, als es die Augen der Menschen ertragen sollten.

›Wenn Sie ein freundlicher Engel sind‹, sagte ich, ›oder ein kluger Teufel, oder wenn Sie irgend etwas mit der Menschheit gemein haben, dann sagen Sie mir, was mit dieser von Dämonen besessenen Straße ist!‹

Nach einem langen Schweigen sagte er: ›Was würden Sie sagen, daß sie ist?‹

›Natürlich Bumpton Street!‹ rief ich mit scharfer Stimme. ›Die geht zum Oldgate-Bahnhof.‹

›Ja‹, räumte er ernst ein, ›da geht sie manchmal hin. Aber jetzt geht sie zum Himmel.‹

›Zum Himmel?‹ sagte ich. ›Wieso?‹

›Sie geht zum Himmel, um Gerechtigkeit zu bekommen‹, erwiderte er. ›Sie müssen sie schlecht behandelt haben. Denken Sie immer daran, daß es eines gibt, was niemand und nichts aushalten kann. Dieses eine Unerträgliche ist es, wenn man von jemandem zuviel verlangt und ihn gleichzeitig ignoriert. Von Frauen beispielsweise wird immer zuviel verlangt – das ist überall so. Aber Sie können sie nicht ignorieren – versuchen Sie's nur. Wiederum kann man Vagabunden und Zigeuner und den ganzen scheinbaren Ausschuß des

 Staates ignorieren, solange man nicht zuviel von ihnen verlangt. Aber kein Tier des Feldes, kein Pferd, kein Hund kann es lange ertragen, wenn man von ihm verlangt, mehr zu tun als seine Arbeit, und es doch weniger bekommt als seine Ehre. Es ist dasselbe mit Straßen. Sie haben diese Straße sich zu Tode arbeiten lassen, und doch haben Sie niemals an ihre Existenz gedacht. Wenn Sie eine gesunde Demokratie gehabt hätten, und sei es eine heidnische, dann hätten Sie die Straße mit Blumen bekränzt und ihr den Namen eines Gottes gegeben. Dann wäre sie still weitergegangen. Aber schließlich war die Straße Ihrer unermüdlichen Unverschämtheit überdrüssig, und jetzt bäumt sie sich auf und hebt den Kopf zum Himmel. Haben Sie nie auf einem sich bäumenden Pferd gesessen?‹

Ich sah die lange graue Straße an, und einen Moment lang schien sie mir genau wie der lange graue Hals eines Pferdes, gen Himmel emporgeschleudert. Doch einen Augenblick später kehrte mein klarer Verstand zurück und ich sagte: ›Das ist doch alles Unsinn. Straßen gehen zu dem Punkt, wo sie hingehen müssen. Eine Straße muß immer an ihr Ende gehen.‹

›Warum denken Sie so von einer Straße?‹ fragte er und stand ganz still da.

›Weil ich gesehen habe, daß sie immer dasselbe tut‹, antwortete ich mit vernünftigem Ärger. ›Tagein, tagaus, Jahr um Jahr ist sie immer zum Oldgate-Bahnhof gegangen, tagein …‹

Ich hielt inne, denn er hatte den Kopf mit dem Zorn der revoltierenden Straße hochgeworfen.

›Und Sie?‹ schrie er mit entsetzlicher Stimme. ›Was, glauben Sie, denkt die Straße von Ihnen? Glaubt die Straße wohl, Sie seien lebendig? Tagein, tagaus, Jahr um Jahr, sind Sie zum Oldgate-Bahnhof gegangen …‹ Seither habe ich die Dinge geachtet, die man die unbelebten nennt.«

Und mit einer leichten Verneigung zum Senftopf hin zog sich der Mann im Restaurant zurück.

HAUSGÖTTER UND HAUSHALTSKOBOLDE

Vor einiger Zeit ging ich mit ein paar Kindern in Maeterlincks schönes und subtiles Märchenstück vom Blauen Vogel, der alle glücklich macht. Aus irgendeinem Grunde machte das Stück mich jedoch nicht glücklich, und auch die Kinder waren nicht ganz einverstanden. Es herrschte eine eher melancholische Stimmung. Die Kinder waren insbesondere unzufrieden, weil das Stück nicht mit einem Gerichtstag endete; weil Held und Heldin nie erfuhren, daß der Hund treu geblieben war und die Katze sie verraten hatte. Denn Kinder sind unschuldig und lieben Gerechtigkeit, während die meisten von uns böse sind und dementsprechend die Gnade vorziehen.

Doch irgend etwas stimmte wirklich nicht mit dem Blauen Vogel, selbst von meinem reiferen und ruchloseren Standpunkt aus. Es gab einige Einzelzüge, die mir nicht gefielen: die sentimentale Passage von der Liebschaft der beiden ungeborenen Kinder etwa. Das schien mir wie schlechter James Barrie, und logisch gesehen verdarb es den einzig möglichen Sinn der Szene, der darin lag, daß die Ungeborenen allen irdischen Erfahrungen als etwas völlig Unvorstellbarem entgegensehen. Ich war nicht überzeugt, als der Junge rief: »Es gibt keine Toten«, weil ich mir keineswegs sicher war, daß er (oder der Dramatiker) wußte, was das heißen sollte. »Ich hörte eine Stimme vom Himmel zu mir sagen: Selig sind die Toten …« Was hierin alles liegt, weiß ich auch nicht, aber ich glaube, der, der es sagte, der wußte es. Es war darüber hinaus etwas anderes an der ganzen Sache, etwas ständig Präsentes, Beharrliches, das mich unklar irritierte. Und ich glaube, ich kann es am ehesten so definieren, daß ich das Gefühl hatte: Der Dichter läßt sich zu allem herab, zu Töpfen und Tiegeln, Vögeln und Tieren, und zu den kleinen Kindern.

Der eine Zug, den ich wirklich originell und beeindruckend fand, war die Belebung der ganzen Materialität des Haushalts wie durch Hausgeister: den Geist des Feuers, den Geist des Wassers und so fort. Selbst hier spürte ich allerdings einen gewissen Unterschied, und ich stellte einen imaginären Vergleich an. Ich fragte mich, weshalb keiner unserer zu mittelalterlichen Stoffen neigenden Dichter je an ein Mysterienspiel gedacht hat, das auf dem Gesang des Heiligen Franziskus aufbaut, wo ja in ähnlicher Weise von Bruder Feuer und Schwester Wasser gesprochen wird. Dies wäre eine echte Übung in gotischer Handwerkskunst: diese symbolischen Figuren erstehen zu lassen, gleichzeitig steif und überschwenglich. Wenn es kein anderer übernimmt, sehe ich mich noch gezwungen, diese Idee eigenhändig zu verspielen, wie ich schon so manche gute Idee verspielt habe. Doch im Augenblick kommt es bei diesem Vergleich nur auf das eine an: Bei dem mittelalterlichen Dichter habe ich das Gefühl, daß er dem Feuer gegenüber wie ein Kind empfindet; der moderne Dichter empfindet wie ein Erwachsener, der Kindern etwas erzählt.

Wenige und einfache Worte stehen in dem alten Gedicht – es vermittelt mir den Eindruck, daß der Dichter, der das Feuer unbezähmbar und stark nennt, tatsächlich das Gefühl hatte, das Feuer sei nicht nur zu lieben, sondern auch zu fürchten. Ich glaube nicht, daß der moderne Dichter eine derartige Angst vor dem Feuer fühlte, so, wie ein Kind bei aller Liebe zum Kaminfeuer des Kinderzimmers auch Angst vor ihm hat. Und dieses elementare Moment in der genuin mittelalterlichen Dichtung ließ mich an etwas denken, das ich bei jener im »Blauen Vogel« wirklich schön durchgeführten Idee schon immer empfunden habe. Ich meine etwas Ähnliches wie das, was die Heiden im Bild der Hausgötter verkörpert haben. Die Hausgötter waren, glaube ich, aus Holz geschnitzt – was sie noch mehr den Tischen und Stühlen gleichen läßt.

Der Nomade und der Anarchist werfen dem Ideal der Häuslichkeit vor, es sei bloß schüchtern und spießig. Dies tun sie aber nicht deshalb, weil sie selbst kühner und origineller wären, sondern allein deswegen, weil sie dieses Ideal nicht gut genug kennen, um zu begreifen, wie kühn und originell es ist. Die nomadischste Lebensweise heutzutage findet sich nicht in der Wüste, sondern in den großen

Industriestädten. Es ist ein sehr präziser Zufall, daß wir die Straßenjungen heute gerne *street arabs* nennen – Beduinen der Großstadtstraße; und die semitische Bezeichnung läßt sich auf eine Reihe von Eckenstehern anwenden, deren goldene Karossen sie mittlerweile in höhere Zonen entführt haben. Sie leben in Klubs und Hotels und sind oft ganz unwissend, ich möchte fast sagen: unschuldig, was das alte Familienleben und gewiß das alte Leben auf dem Bauernhof angeht.

Wenn ein Städter solche Dinge zum ersten Mal direkt und aus der Nähe sieht, dann verachtet er sie nicht als langweilig – er fürchtet sie als etwas Wildes, wie er manchmal eine zahme Kuh für einen wilden Stier hält. Das nächstliegende Beispiel ist das Feuer im Kamin, das Herz des Hauses. Ein Mann, der in der lauen Luft zentralgeheizter Hotels lebt, hat eigentlich noch nie ein Feuer gesehen. Mit ihm verglichen ist die Hausfrau eine Amazone, die mit einem Flammendrachen ringt. Dieselbe Moral ließe sich aus dem Umstand ableiten, daß der Wachhund den Kampf aufnimmt, während der wilde Hund oft davonrennt. Vom Ehemann wie vom Haushund ließe sich häufig sagen, daß er zum Kampf gezähmt worden ist.

Dies gilt besonders für die kleinen Häuser auf dem Land – nur theoretisch sind die Dinge dort kleinlich und prosaisch; wer sie realistisch erfährt, wird sie als groß und bestürzend empfinden und erkennen, daß sie einen ständigen Kampf mit der Natur verkörpern. Wenn wir in der Zeitung von Grünkohlköpfen und Blumenkohl lesen, insbesondere in einem Witzblatt, lernen wir, derartige Gegenstände für Banalitäten zu halten. Wenn aber ein Mann mit einem Restchen Phantasie sich nur herbeilassen wollte, einmal selbst durch den Küchengarten zu gehen und Grünkohl und Blumenkohl wirklich anzusehen, wird er sofort das Gefühl haben, daß es sich dabei um große, elementare Dinge handelt, wie Berge in den Wolken. Umfang und Massivität dieser aus dem kleinen, ordentlichen Stückchen Erde emporschwellenden Objekte werden ihm fast monströs erscheinen. Es gibt Stimmungen, da das alltäglichste englische Küchenbeet auf ihn wirken wird wie die dampfende Üppigkeit und stürzende Geschwindigkeit tropischer Vegetation, wie die grünen Blasen und kriechenden Zweige eines Alptraums.

Wie auch immer seine Stimmung sein mag, er wird einsehen, daß so mächtige Dinge und eine so mühselige Arbeit keinesfalls trivial sein können. Seine Vernunft wird ihm ebenso wie seine Phantasie sagen, daß der Kampf, der hier zwischen der Familie und dem Erdboden ausgefochten wird, von allen menschlichen Angelegenheiten die grundlegendste und ursprünglichste ist. Wenn das keine Poesie ist, ist gar nichts Poesie, und gewiß nicht die schäbige Bohème der Künstler in den Städten. Doch im Augenblick geht es mir darum, daß selbst bei rein künstlerischen Maßstäben dieselbe Wahrheit sichtbar wird. Ein Künstler, der diese Objekte mit freiem und frischem Blick betrachtet, wird sofort erkennen, was ich meine, wenn ich sie wild und nicht zahm nenne. Das trifft auf das Feuer zu, das Wasser, die Vegetation, auf fünfzig andere Dinge. Wenn jemand von einem Schwein liest, dann denkt er an etwas Komisches und Alltägliches – vorwiegend deshalb, weil das Wort »Schwein« komisch und alltäglich ist. Wenn er ein reales Schwein in einem realen Schweinestall betrachtet, wird er das Gefühl haben, daß es etwas Überlebensgroßes ist, etwas eigentlich Unmögliches, wie das Flußpferd im Zoo.

Das ist nicht Zufall und nicht Rhetorik; das beruht auf der wirklichen, lebendigen Logik der Dinge. Die Familie ist etwas Wilderes als der Staat – wenn wir mit Wildheit das bezeichnen, was entstanden ist aus einem Willen und einer bewußten Wahl, elementar und emanzipiert wie der Wind. Sie hat ihre eigenen Gesetze, wie sie der Wind hat; aber sie ist, richtig verstanden, viel weniger dem Rechtssystem angepaßt, als es die Dinge unter den komplizierten und mechanischen Beschränkungen des Rechtsstaats allgemein sind. Ihre Pflichten heißen Liebe und Loyalität, aber eben diese Eigenschaften sind durchaus in der Lage, gegen die bloß menschlichen Gesetze zu rebellieren, denn das bloß menschliche Gesetz hat eine starke Neigung dazu, unmenschliches Gesetz zu werden. Die Familie hat es mit Ereignissen zu tun, die in der moralischen Welt dem gleichen, was Wirbelstürme und Erdbeben in der materiellen sind.

Die Menschen werden nicht im Kindergarten geboren und sterben nicht beim Bestattungsunternehmer. Diese unbegreiflichen Vorgänge sind privat, und sie finden auf der winzigen Bühne der Familie statt. Die öffentlichen Systeme, die große Organisation – das ist nur eine Maschinerie für den Transport und die Verteilung von Dingen, es berührt das innere Wesen der Dinge selbst nicht. Wenn eine Familie einer anderen ein Geburtstagsgeschenk schickt, ist das Rechtssystem, ja, das ganze Gesellschaftssystem mit diesem Geschenk nur als mit einem Paket befaßt. Unsere ganze moderne Soziologie könnte man die Philosophie der Pakete nennen. Und fast alle unsere modernen Beschreibungen von Utopia, vom großen weisen Staat, ließen sich als Paradiese für Postboten bezeichnen. Erst drinnen im Zimmer aber wird das Paket zum Geschenk – dort explodiert es sozusagen zu seiner eigenen Strahlkraft und Allgemeinverständlichkeit (und das gilt im Rahmen dieses Arguments gleichermaßen, ob es sich um eine Bonbonniere oder eine Bombe handelt). Die wesentliche Botschaft ist immer eine persönliche, die wirklich wichtigen Geschäfte sind immer private. Das gilt natürlich in besonderem Maße für jenes erste Geburtstagsgeschenk, das mit der Geburt auftaucht: ohne Übertreibung könnte man von der Bombe als dem Symbol des Säuglings sprechen. Und es gilt das gleiche für die tragischen wie für die seligen Akte des häuslichen Dramas – für die endlose Schaufelfron des Alltags und das Damoklesschwert des Sterbens.

Um die Häuslichkeit zu verteidigen, muß man nicht anführen, daß sie immer glücklich oder immer harmlos ist. Im Gegenteil – wie alles Heldenhafte enthält sie die Möglichkeit der Katastrophe und auch der Untat. Der Keller mag leer sein; es mag sogar eine Leiche im Keller geben. Aber es geht hier nur um eines – um das, was wirklich zur Verteidigung dieser intimen Form von Gemeinsamkeit vorzubringen wäre: daß sie an sich weder gewöhnlich noch (dies nun ganz und gar nicht) konventionell ist. Konventionen findet man eher in jenen größeren weltlichen Organisationen, die mittlerweile als ihre Konkurrenten auftreten – im Klub, in der Schule und vor allem im Staat. Ein erfolgreicher Klub ohne Regeln ist nicht vorstellbar, aber eine Familie wird in dem Maße ohne Regeln auskommen, in dem sie eine erfolgreiche Familie ist. »Laßt mich die Lieder eines Volkes schreiben, und dann ist es mir gleich, wer seine Gesetze verfaßt« – dieser Satz ließe sich mit noch viel größerer Wahrheit auf die privaten Witze eines Haushalts beziehen. Und ein Witz ist seiner Natur nach etwas Wildes und Spontanes; selbst der moderne Organisationsfanatismus hat nie wirklich versucht, das Gelächter systematisch zu orchestrieren. Deshalb läßt sich wahrhaftig sagen, daß diese äußeren Embleme oder Exempel für etwas Groteskes, Extravagantes in unserem Privatleben nicht lediglich Übungen in ästhetischer Widersprüchlichkeit sind; sie sind nicht – wie man gerne sagt – bloße Paradoxien. Sie stehen wirklich in Beziehung zur ursprünglichen Natur der Institution und der Idee dahinter. Die wahre Familie ist wild und elementar wie ein Kohlkopf.

DIE WILDNIS DES HÄUSLICHEN LEBENS

Im Verlauf meiner grob skizzierten Studie werden wir uns mit dem sogenannten Problem der Armut befassen müssen, insbesondere der entmenschlichten Armut des modernen Industriestaats. Aber wenn wir unser Ideal formulieren wollen, ist nicht das Problem der Armut die Schwierigkeit, sondern das Problem des Reichtums. Es gibt nämlich eine spezielle, aus Muße und Luxus geborene Psychologie, die das Leben verfälscht. Eine gewisse Vertrautheit mit jenen Bewegungen, die man gerne modern nennt, hat mich davon überzeugt, daß sie im allgemeinen auf der Art Lebenserfahrung beruhen, wie sie reichen Leuten eigentümlich ist. So verhält es sich mit dem Trugschluß der freien Liebe, von dem ich bereits gesprochen habe – der Auffassung von Sexualität als einer langen Reihe von Episoden. Das setzt einen langen Urlaub voraus, in dem man einer Frau überdrüssig werden, und ein Automobil, mit dem man herumfahren und nach anderen Ausschau halten kann; außerdem wird einiges Geld für die laufenden Kosten benötigt. Ein Omnibusschaffner hat kaum Zeit, seine eigene Frau zu lieben, geschweige denn die Frauen anderer. Und der große Erfolg, den eheliche Entfremdungen in den sogenannten »Problemstücken« der modernen Bühne haben, beruht auf der Tatsache, daß es nur eines gibt, was ein Theaterstück nicht darzustellen vermag – einen Tag harter Arbeit. Ich könnte noch viele Beispiele für die plutokratischen Voraussetzungen bringen, die sich stillschweigend hinter fortschrittlichen Moden verbergen. Eine solche steckt etwa in dem Satz: »Weshalb sollte die Frau ökonomisch vom Manne abhängen?« Die Antwort ist, daß sie das unter armen und praktischen Menschen nie tut, außer in dem Sinne, in dem auch der Mann von der Frau abhängt. Ein Jäger zerreißt seine Kleider; es muß jemand da sein, sie auszubessern. Ein Fischer muß Fische fangen; es muß jemand da sein, der sie kocht. Es ist doch gewiß ganz klar, daß diese ganze moderne Vorstellung, die Frau sei reduziert zu einem »hübschen anschmiegsamen Parasiten«, »einem Spielzeug«, und wie die Formulierungen alle heißen, nur der angestrengten Betrachtung einer reichen Bankiersfamilie entspringen konnte, wo der Bankier zumindest in die Stadt fährt und so tut, als würde er arbeiten, während die Gattin des Bankiers in den Park fährt und nicht einmal vorgibt, etwas zu tun. Ein armer Mann und seine Frau sind eine Geschäftspartnerschaft. Wenn der eine Partner eines Verlagshauses die Gespräche mit den Autoren führt und der andere die mit den Angestellten, welcher ist dann der ökonomisch abhängige? War Hodder ein hübscher Parasit, der sich an Stoughton schmiegte? War Marshall ein bloßes Spielzeug für Snelgrove?

Doch von allen modernen Ideen, die der bloße Reichtum erzeugt hat, ist die schlimmste die: daß Häuslichkeit etwas Langweiliges und Zahmes ist. Zu Hause (heißt es) herrschen tote Manierlichkeit und Routine; draußen liegen Abenteuer und Vielfalt. Das ist nun in der Tat eine Meinung reicher Leute. Der reiche Mann weiß, daß sein eigenes Haus auf großen und geräuschlosen Rädern des Wohlstands läuft – daß es durch Scharen von Bediensteten versorgt wird, in einem raschen und stummen Ritual. Andererseits stehen ihm alle romantischen Vagabundenabenteuer auf den Straßen draußen offen. Er hat jede Menge Geld und kann es sich leisten, ein Landstreicher zu sein. Sein wildestes Abenteuer wird in einem Restaurant enden, während das zahmste des kleinen Mannes vielleicht in einer Zelle endet. Wenn er ein Fenster kaputtschlägt, kann er es auch bezahlen, wenn er einen Mann zum Krüppel haut, kann er ihm eine Rente aussetzen. Er kann (wie der Millionär im Roman) ein Hotel kaufen, damit er sein Glas Gin bekommt. Und weil er, der Mann des Luxus, den Ton fast des gesamten »modernen« und »fortschrittlichen« Denkens angibt, haben wir fast vergessen, was ein Zuhause für die überwältigenden Millionen der Menschheit wirklich bedeutet.

Denn die Wahrheit ist, daß für die mäßig Armen ihr Zuhause der einzige Ort der Freiheit ist. Mehr noch – der einzige Ort der Anarchie. Es ist der einzige Fleck auf der Welt, wo ein Mensch ganz plötzlich die gewohnte Ordnung ändern kann, ein Experiment anstellen oder eine Laune ausleben. Wohin er auch sonst geht, er muß sich den strikten Regeln des Ladengeschäfts, des Gasthauses, des Klubs oder Museums fügen, wo er eintritt. Zu Hause kann er seine Mahlzeiten auf dem Fußboden zu sich nehmen, wenn er möchte. Ich tue das oft selber; es führt zu einer seltsamen, kindischen, poetischen Picknickstimmung. Es käme zu großen Schwierigkeiten, würde ich dies im nächsten A. B. C.-Lokal versuchen. In seinem Haus kann ein Mann in Morgenmantel und Pantoffeln umhergehen; ich bin sicher, daß man ihm das im Savoy nicht gestatten würde, obwohl ich die Sache nie nachgeprüft habe. Wenn Sie in ein Restaurant gehen, müssen Sie den einen oder anderen Wein von der Karte trinken – von mir aus auch alle, aber der Wein muß auf der Karte stehen. Wenn

Sie jedoch ein Haus haben und einen Garten, können Sie sich, wenn Sie wollen, Stockrosentee und Windenwein herstellen. Für einen einfachen, hart arbeitenden Mann ist sein Zuhause nicht der einzige zahme Ort in der Welt des Abenteuers. Es ist der einzige wilde Ort in der Welt der Regeln und festen Pflichten. Das Zuhause ist der einzige Ort, wo er den Teppich an die Decke nageln und den Fußboden mit Dachziegeln belegen kann, wenn er das möchte. Wenn ein Mann jede Nacht von Bar zu Bar oder von Varieté zu Varieté wankt, dann sagen wir, seine Lebensweise sei unregelmäßig. Aber das ist sie nicht – sie ist höchst regelmäßig und folgt den langweiligen und oft höchst restriktiven Verordnungen an solchen Orten. Manchmal gestattet man ihm nicht einmal, sich in einer Bar hinzusetzen, und sehr häufig ist es ihm im Varieté untersagt mitzusingen. Hotels lassen sich definieren als Orte, wo man sich zum Essen umzuziehen hat; Theater als solche, wo man nicht rauchen darf. Picknicken kann man nur zu Hause.

Nun nehme ich, wie gesagt, diese kleine häusliche Allmacht, diesen Besitz einer eindeutigen Zelle oder Kammer der Freiheit, als das Arbeitsmodell meiner gegenwärtigen Untersuchung. Ob wir jedem Engländer kostenlos ein eigenes Heim geben können oder nicht – wünschen sollten wir uns das zumindest; er wünscht es sich. Reden wir einen Moment lang von dem, was er will, nicht von dem, was er zu bekommen erwartet. Er will beispielsweise ein für sich stehendes Haus; keine Reihenhaushälfte. Der wirtschaftliche Wettlauf mag ihn dazu zwingen, eine Mauer mit einem anderen zu teilen. Ähnlich würde ihn vielleicht bei einem Kinderfest das Dreibeinrennen zwingen, sein eines Bein mit einem anderen Mann zu teilen – doch ist dies nicht das Bild, das er in seinen Träumen von Eleganz und Freiheit von sich hat. Wiederum will er auch keine Wohnung in einem Mietshaus. In einer solchen Wohnung kann man essen, schlafen und Gott rühmen; man kann all dies auch in einem Eisenbahnwagen. Aber ein Eisenbahnwagen ist kein Haus – denn er ist ein Haus auf Rädern. Und eine Wohnung ist kein Haus, denn sie ist ein

 Haus auf Stelzen. Eine Idee enger Berührung mit dem Erdboden, mit dem Grundlegenden, ist ebenso wie die von Abgeschiedenheit und Unabhängigkeit ein Teil dieses instruktiven Menschenbildes.

Ich nehme also diese eine Institution als Testfall. Wie jeder normale Mann eine Frau begehrt und von einer Frau geborene Kinder, so begehrt jeder normale Mann ein eigenes Haus, in das er Frau und Kinder bringen kann. Er will nicht lediglich ein Dach über dem Kopf und einen Stuhl unter sich; er will ein objektives und sichtbares Königreich, ein Feuer, an dem er das Essen kochen kann, das ihm schmeckt, eine Tür, die er denen öffnen kann, die er einlassen will. Das ist der normale Hunger des Menschen. Ich will nicht sagen, daß es keine Ausnahmen gibt. Es mag Heilige geben, die über diesem Bedürfnis stehen, und Philanthropen darunter. Nun, da Opalstein ein Herzog ist, mag er sich an mehr gewöhnt haben, und als er damals ein kleiner Sträfling war, vielleicht an weniger. Aber die Normalität der Sache ist ungeheuer. Fast allen Menschen ein gewöhnliches Haus zu geben würde fast jedem gefallen; deshalb vertrete ich dies ohne weitere Entschuldigung. Nun ist es im modernen England (wie Sie mir eifrig entgegenhalten werden) sehr, sehr schwierig, fast allen Menschen ein Haus zu geben. Schon richtig; ich stelle nur das Desiderat fest und bitte den Leser, es fest dort stehen zu lassen, während er sich nun mit mir der Überlegung zuwendet, was wirklich in den sozialen Kämpfen unserer Zeit geschieht.

EIN STÜCK KREIDE

Ich weiß noch, wie ich an einem wundervollen Morgen in den Sommerferien, der ganz aus Blau und Silber war, mich widerwillig von meiner Beschäftigung mit gar nichts losriß, irgendeinen Hut aufsetzte und einen Spazierstock ergriff und sechs sehr bunte Kreiden in die Tasche steckte. Darauf ging ich in die Küche (die wie der Rest des Hauses einer sehr eckigen und vernünftigen alten Frau in einem

Dorf in Sussex gehörte) und fragte die Besitzerin und Bewohnerin dieser Küche, ob sie braunes Packpapier hätte. Sie hatte eine Menge, sie hatte eigentlich viel zuviel, und sie verkannte völlig Zweck und Grund der Existenz von Packpapier. Sie hatte irgendwie die Vorstellung, daß der Mensch, der Packpapier haben möchte, den Wunsch verspürt, ein Paket zu schnüren, was nun das letzte war, was ich wollte – tatsächlich ist es eine Aufgabe, zu der, wie ich festgestellt habe, meine geistigen Fähigkeiten nicht ausreichen. Deshalb verbreitete sie sich über die verschiedenen Grade von Festigkeit und Dauerhaftigkeit des Materials. Ich erklärte ihr, ich wollte nur Bilder darauf malen, von denen ich gar nicht wünschte, daß sie fortdauerten – daß von meinem Standpunkt aus also nicht die Festigkeit des Materials, sondern die Aufnahmefähigkeit der Oberfläche zählte, ein bei einem Paket relativ unerheblicher Zug. Als sie begriff, daß ich malen wollte, machte sie Anstalten, mich mit Schreibpapier zu überschütten, offenbar in der Meinung, ich schriebe meine Briefe und Aufzeichnungen aus Sparsamkeitsgründen auf altem Einwickelpapier.

Ich versuchte nun, ihr die recht subtile logische Nuance zu erklären, daß ich nicht einfach braunes Packpapier schätzte, sondern am Packpapier die Qualität der Bräune liebte, wie ich die Bräune der Oktoberwälder liebe, die des Bieres, die der Torfbäche im Norden. Das braune Packpapier stellt das Urdämmerlicht des ersten Ringens der Schöpfung dar, und mit ein, zwei bunten Kreiden kann man ihm feurige Flecke aufsetzen, Funken von Gold, Blutrot und Meergrün wie die ersten wilden Sterne, die aus der göttlichen Dunkelheit hervorsprangen. All dies sagte ich – in beiläufigem Ton – zu der alten Frau, und ich steckte das Packpapier in die Tasche, mit den Kreiden und möglicherweise noch anderen Dingen. Ich nehme an, jeder hat schon einmal darüber nachgedacht, wie urtümlich und poetisch die Dinge sind, die man in der Tasche trägt – das Taschenmesser zum Beispiel, der Archetyp aller menschlichen Werkzeuge, die Kindsform des Schwertes. Einmal hatte ich den Plan, einen Band Gedichte nur über die Dinge in meinen Taschen zu schreiben. Aber ich sah, daß er zu lang werden würde, und die Epoche der großen Epen ist vorbei.

Mit meinem Stock und meinem Messer, meinen Kreiden und meinem Packpapier ging ich hinaus auf die großen Hügel. Ich kroch langsam über diese kolossalen Konturen, in denen sich Englands beste Eigenschaft ausdrückt, weil sie gleichzeitig weich und kraftvoll sind. Ihre ebenmäßige Glätte ist bedeutungsvoll wie die Glätte der großen Karrengäule oder die Glätte des Buchenstammes: Sie verkündet – unseren ängstlichen und grausamen Theorien zum Trotz –, daß die Mächtigen erbarmungsvoll sind. Wie mein Auge über die Landschaft schweifte, war sie so freundlich wie nur irgendeines ihrer kleinen Häuser, aber ihre Kraft war wie die eines Erdbebens. Die Dörfer in dem unermeßlichen Tal waren, man konnte es sehen, seit Jahrhunderten in Sicherheit, und doch lag das ganze Land da wie eine sich riesenhaft aufrichtende Woge, um sie alle hinwegzuspülen.

Ich überquerte einen grasbewachsenen Hügelkamm nach dem anderen auf der Suche nach einem Platz, um mich niederzusetzen und zu malen. Man denke um Himmelswillen nicht, daß ich nach der Natur malen wollte. Ich wollte Teufel und Seraphim malen und blinde alte Götter, wie sie die Menschen verehrten, ehe das Recht heraufdämmerte, und Heilige in zornig scharlachroten Gewändern, und Meere von einem fernen Grün und all die geheiligten oder monströsen Symbole, die in bunten Farben auf Packpapier so gut aussehen. Es ist viel lohnender, sie zu malen als die Natur, und es ist auch viel einfacher. Als eine Kuh sich schaukelnd auf die Nachbarwiese schob, hätte ein bloßer Künstler sie vielleicht gemalt, aber ich verheddere mich immer bei den Hinterbeinen von Vierfüßlern. So malte ich die Seele der Kuh, die ich deutlich vor mir in der Sonne einhergehen sah, und die Seele war ganz aus Purpur und Silber und hatte sieben Hörner und das Mysterium, das alle Tiere besitzen. Aber wenn ich auch nicht mit dem Zeichenstift das Beste aus der Landschaft herausholen konnte, ist es noch lange nicht gesagt, daß die Landschaft nicht das Beste aus mir herausholte. Und das ist, glaube ich, der Trugschluß, den die Leute bei den alten Dichtern begehen, die vor Wordsworth lebten und sich angeblich nicht viel aus der Natur machten, weil sie diese nicht oft beschrieben.

Sie zogen es vor, von großen Menschen zu schreiben und nicht von den hohen Hügeln, aber auf denen saßen sie beim Schreiben. Sie gaben viel weniger über die Natur von sich, aber vielleicht nahmen sie die Natur viel mehr in sich auf. Sie malten die weißen Gewänder ihrer heiligen Jungfrauen mit dem blendenden Schnee, den sie den ganzen Tag lang angestarrt hatten. Sie setzten in die Wappen ihrer Paladine Purpur und Gold vieler heraldischer Sonnenuntergänge. Das Grün von tausend grünen Blättern schoß zusammen in die lebendige grüne Gestalt von Robin Hood. Das Blau von hundert verschollenen Himmeln wurde zum blauen Gewand der Maria. Die Inspiration ging in sie ein wie die Strahlen der Sonne und trat hervor wie Phöbus Apoll.

Doch wie ich dasaß und meine dummen Figuren auf das braune Papier krakelte, ging es mir zu meinem großen Ärger auf, daß ich eine Kreide zu Hause gelassen hatte, und zwar eine höchst kostbare und wesentliche. Ich durchsuchte alle meine Taschen, fand aber die weiße Kreide nicht. Nun wissen diejenigen, die vertraut sind mit der Philosophie oder vielmehr der Religion, welche sich in der Kunst des Malens auf Packpapier ausdrückt, daß das Weiß positiv und wesentlich ist. Ich muß hier auf etwas moralisch Bedeutsames eingehen. Eine der weisen und furchtbaren Wahrheiten, welche diese Packpapierkunst enthüllt, ist: Weiß ist eine Farbe. Es ist nicht lediglich die Abwesenheit von Farbe, es ist ein leuchtendes, ein bestimmtes Ding, wild wie Rot, eindeutig wie Schwarz. Wenn der Stift – so könnte man sagen – rot glüht, malt er Rosen, ist er weißglühend, malt er Sterne. Und eine der zwei, drei unbekümmerten Wahrheiten der höchsten religiösen Moral, des wahren Christentums beispielsweise, besteht genau hierin: Die entscheidende Behauptung religiöser Moral ist es, daß Weiß eine Farbe ist. Die Tugend ist nicht die Abwesenheit des Lasters oder die Vermeidung moralischer Gefahren; die

 Tugend ist ein lebendiges und eigenes Ding, wie Schmerz oder ein bestimmter Geruch. Erbarmen bedeutet nicht, daß man nicht grausam ist oder den Menschen Rache oder Bestrafung erspart, es bedeutet ein positives, eindeutiges Ding wie die Sonne, die man entweder erblickt hat oder nicht. Keuschheit heißt nicht die Enthaltung von sexueller Verfehlung; es heißt etwa Flammendes wie die Jungfrau von Orleans. Mit einem Wort – Gott malt in vielen Farben, doch niemals malt Er so prächtig, ich hätte fast gesagt: so kunterbunt farbenfroh, wie wenn er in Weiß malt. In gewisser Weise hat unsere Zeit dies begriffen und in unserer mürrischen Kleidung zum Ausdruck gebracht. Denn wäre es wirklich wahr, daß Weiß ein leeres und farbloses Ding ist, negativ und unentschieden, dann würde man Weiß anstelle von Schwarz oder Grau als Beerdigungsfarbe dieser pessimistischen Epoche tragen. Wir würden die Geschäftsleute der City in Gehröcken von makellos silbernem Satin erscheinen sehen, mit Zylindern weiß wie liebliche Lilien. Was nicht der Fall ist.

Inzwischen konnte ich meine Kreide nicht finden.

Ich saß in einer Art Verzweiflung auf dem Hügel. Es gab bis Chichester keine Stadt, wo es auch nur entfernt denkbar gewesen wäre, daß so etwas wie ein Laden für Künstlerbedarf zu finden war. Und doch blieben meine absurden kleinen Bilder ohne Weiß so sinnlos wie die Welt, wenn es auf ihr keine guten Menschen gäbe. Töricht schaute ich um mich und zerbrach mir den Kopf. Dann stand ich plötzlich auf und brüllte vor Lachen, wieder und wieder, so daß die Kühe mich anstarrten und einen Ausschuß einberiefen. Man stelle sich einen Mann in der Sahara vor, der sich ärgert, daß er keinen Sand für sein Stundenglas hat! Man stelle sich einen Herrn mitten auf dem Ozean vor, der wünscht, er hätte für seine chemischen Experimente ein wenig Salzwasser mitgebracht! Ich saß auf einem ungeheuren Lager weißer Kreide. Die ganze Landschaft bestand aus Kreide. Weiße Kreide war hier meilenhoch aufgetürmt, bis in den Himmel. Ich beugte mich nieder und brach ein Stück von dem Gestein ab, wo ich gesessen hatte; es malte nicht so gut wie die Ladenkreide, aber es tat seine Wirkung. Und ich stand in einer Freudentrance da, als ich begriffen hatte, daß dieses Südengland nicht nur eine weite Halbinsel ist und eine Tradition und eine Zivilisation. Es ist etwas sogar noch Bewundernswerteres. Es ist ein Stück Kreide.

Ein Buch, das Sie, ich und einige unserer Freunde kennen,
verdient doch wohl, berühmt genannt zu werden?
Baudelaire, *Le Spleen de Paris*
(über Aloysius Bertrands *Gaspard de la nuit*)

Gilbert Keith Chesterton (1874–1936) ist ein Schriftsteller von hohem Rang – eine Tatsache, die dem Blick der Leser immer wieder dadurch verstellt wird, daß sein Œuvre so uneinheitlich, ungleichgewichtig, unübersichtlich ist. Mehr noch: manche seiner Untugenden als Autor – Hast, improvisatorische Schludrigkeit, ein übertriebenes Vertrauen in die Kraft des Wortspiels – sind schwer zu trennen von seinen Vorzügen: dem raschen, paradoxen Witz, der überraschenden Tiefgründigkeit, der rhetorischen Virtuosität.

Immer aber ist Chesterton wahrhaftig das, was man mit einem durch Schopenhauer berühmt gewordenen Begriff des achtzehnten Jahrhunderts den »Selbstdenker« nennen kann; er ist es selbst noch in den stärker dogmatisch gefärbten Texten der späteren Jahrzehnte und er ist es mit größter Frische in seinen frühen Arbeiten, denen diese kleine Auswahl gilt. Borges, ein großer Bewunderer, hat ihn lakonisch zu den glücklichen Autoren gezählt, »die der Billigung durch die Kritik nicht bedürfen und gelegentlich nicht einmal der durch den Leser, weil der Reiz, welchen der Umgang mit ihnen für uns hat, unwiderstehlich und dauerhaft ist«. Es sind nicht immer die Ergebnisse, zu denen Chesterton kommt, die uns kostbar erscheinen – es ist die Bewegung seines Denkens, die energisch alle *idées recues* unterwandert. Was Karl Kraus einmal als aggressives Programm satirischer Belehrung durch Verwirrung formuliert hat: daß man die Vorurteile der Leute systematisch durcheinanderwerfen müsse, immer wieder aus einer anderen unerwarteten Richtung – das hat Chesterton als radikale Spielform entwickelt, zu deren verblüffenden Regeln es bei ihm gehört, daß gelegentlich unsere ältesten Vorurteile sich als wahr erweisen: aber nur, wenn wir ihre Gegenstände auf dem Kopf stehend betrachtet haben. Die Anziehungskraft, die so vieles in seinem Werk behalten hat, vor allem in den Schriften des ersten Jahrzehnts, ist erstaunlich – sie hängt zusammen mit der kindlichen Lebendigkeit eines Blicks, der sich in größtmöglicher Unbefangenheit geschult hat.

Chesterton studierte Ende des neunzehnten Jahrhunderts Kunst an der Slade School of Art (London University). Er blieb als Zeichner ein geschickter Dilettant, doch der fortdauernde Einfluß der künstlerischen Praxis auf seinen geistigen Habitus kann kaum überschätzt werden. Er wandte sich der Literatur zu, war mit einundzwanzig bereits ein bekannter Rezensent, schrieb eine Fülle Feuilletons, Essays, Kritiken, Gedichte, Erzählungen, Romane – an die hundert Bücher. Über dreißig Jahre hinweg kam einmal in der Woche in den *Illustrated London News* ein essayistischer Artikel von ihm. Lange Jahre war er ein beliebter Redner bei Podiumsdiskussionen, oft mit George Bernard Shaw als Antagonisten – die beiden bildeten eine Zeitlang so etwas wie eine bewährte intellektuelle Kabarettnummer. Der Versuch, sich Rechenschaft über den eigenen geistigen Standpunkt abzulegen – den er schließlich mit der Konversion zum Katholizismus 1922 bekräftigte –, brachte eine Reihe wichtiger Bücher hervor, von *Orthodoxy* (1908) bis zu den Monographien über Thomas Aquinas und Franziskus von Assisi. Seine Wendung zur Politik in den zwanziger Jahren und sein Engagement in der von ihm mitbegründeten Bewegung des Distributismus (eines sogenannten »Dritten Weges« zwischen Kapitalismus und Sozialismus mit der Utopie einer Gesellschaft von Kleineigentümern) zeigt andererseits die traurigen Folgen, wenn ein genialer Paradoxist zum politischen Systematiker avancieren möchte. Die Geschichte des *distributism* ist noch weitgehend ungeschrieben; die oft geäußerte Vermutung, Chesterton sei hier – vor allem, was den antisemitischen Tenor mancher distributistischer Äußerungen angeht – stark von seinem Bruder Cecil und seinem Freund Hilaire Belloc beeinflußt, wird wohl zutreffen. Trotzdem war er selbst an diesem Vorhaben als Publizist und

 Redner unmittelbar beteiligt. Der gelegentlich erhobene vage Vorwurf des Faschismus scheint allerdings terminologisch sinnlos, da seiner Gesellschaftsutopie jegliche elitären Züge fehlten – es handelte sich um eine Form des romantisch »genuinen« Populismus.

Es kann hier nur kurz auf die stets eigenwilligen und oft glänzenden literaturkritisch-ästhetischen Studien hingewiesen werden (über Browning, Dickens, Shaw, Carlyle, Stevenson, *The Victorian Age in Literature*), und auf das bedeutende Erzählwerk. Die Father-Brown-Geschichten (deren Zugang in Deutschland durch die grauenhaften Heinz-Rühmann-Filme erschwert wird) erschienen in fünf Bänden 1911–1935; von sehr unterschiedlicher Qualität, enthalten sie doch eine Fülle genialer Erfindungen und führen einen der unbestreitbar originellsten Detektive des Genres vor. Von den Romanen muß mindestens einer, auf den ich noch zu sprechen komme, ein Meisterwerk genannt werden.

Zu Chestertons Eigenart gehört, wie gesagt, der malerisch geschulte Blick, der ihn die Welt oft im Sinne spätromantischer Landschaftsästhetik wahrnehmen läßt, der ihm aber auch die Dinge in ihrer erstaunlichen Eigenart vor Augen stellt. Mit den Worten einer Künstlerin an ihren Verlobten in *Tales of the Long Bow*: »Ihr Literaten laßt es zu, daß sich die Worte zwischen euch und die Dinge schieben. Wir schauen uns wenigstens die Dinge an und nicht nur die Namen. Für dich ist ein Kohlkopf etwas Komisches, weil das Wort komisch-vulgär klingt – *cabbage*, irgendwie zwischen *cab* und *garbage*, nehme ich an. Aber ein Kohlkopf ist weder vulgär noch komisch. Und auf diesen Gedanken würdest du auch gar nicht kommen, wenn du ihn schlichtweg zu malen hättest.« Das ist das Programm des erneuten Erstaunens.

*

Im kühlen blauen Abendlicht zweier steiler Straßen in Camden Town glühte das Ladenlokal an der Ecke, eine Konditorei, wie ein Zigarrenstummel. Vielleicht sollte man besser sagen: wie der Stummelrest eines Feuerwerkskörpers, denn der Lichtschein war vielfarbig und komplex, gebrochen von vielen Spiegeln und auf vielen vergoldeten und fröhlich-bunten Torten und Confiserien tanzend...

Chesterton, »The Invisible Man« (*The Innocence of Father Brown*)

Chestertons Ästhetik des (inneren und äußeren) Wetters legiert die farb- und grauintensiven Bilder der symbolistischen Lyrik und das Behagen der Kolportage am glühend Grellen und am nächtig Schwarzen. Seine Sensibilität für Licht- und Schatten-Valeurs macht diesen Erzähler, der das Bizarre und Unheimliche so liebte (und fürchtete), zu einem merkwürdigen Vorläufer des *cinéma noir* – auch deshalb, weil sich ihm der innere Konflikt immer dekorativbedrohlich im Äußeren spiegeln muß. Zu seiner Landschaft gehört die Großstadt – die wirre Silhouette der Dächer, die unerwarteten Anblicke beim Biegen um eine Ecke des Labyrinths. Diese Stadt-Verliebtheit ist gleichzeitig modern und antimodern, sie feiert die erstaunliche Gegenwart, aber sie beschwört auch die untergehende alte große Stadt der Gaslaternen. Es gehört zu den interessanten Details der Rezeptionsgeschichte, daß das Theater des sowjetischen Konstruktivismus sich für eine seiner anspruchsvollsten Produktionen, welche die überwältigend rasche, komplexe (und dadurch geheimnisvolle) Großstadtwelt zeigen sollte, eine Adaption von Chestertons *The Man Who Was Thursday* aussuchte (Alexander Tairows Inszenierung am Moskauer Kamernij-Theater 1923, mit dem Bühnenbild von Alexander Wesnin).

Diese Ästhetik bildet den kunstvoll melodramatischen Hintergrund einer beunruhigten und beunruhigenden Suche nach Wahrheit, in der sich immer wieder Abenteuerlust und philosophische Reflexion verflechten. Chesterton ist ein Mann mit großer und unbekümmerter gedanklicher Kraft und vor allem mit größter – nur scheinbar naiver – Neugier. Wie Graham Greene über ihn schrieb: »Er grub unter den Begriffen das zu Begreifende wieder hervor.«

Die Virtuosität seines paradoxen Denkens läuft manchmal Gefahr, zu einer Stereotypie der verblüffenden Geste zu werden – was Max Beerbohm in seiner ingeniösen Parodie »Some Damnable Errors About Christmas« demonstriert hat (1912 in *A Christmas Garland*). Wie Henry James, der Beerbohms ihm in derselben Sammlung gewidmete Parodie liebte, hätte auch Chesterton von dem ihm gewidmeten Pastiche sagen können: »This young man knows all my secrets« – so zärtlich und erbarmungslos ist Beerbohms Mimik seiner Techniken. Und doch folgt der Leser noch in der Parodie – so groß ist Beerbohms Geschick, so stark Chestertons Magie – den Trapezkünsten der paradoxen Imagination (»Weihnachten ist ein Tag der Trauer«) mit einem immer wieder ins Einverständnis mündenden Erstaunen. Chesterton besaß die Fähigkeit, im Nächstliegenden, im Alltag, im bis zum Überdruß Vertrauten das Überraschende und Ungeheuere zu erkennen. Er war immer bereit und begierig, in Reichweite der scheinbaren Banalität (der uns wie in der schönen Father-Brown-Geschichte vom »Invisible Man« vollkommen unsichtbar gewordenen »zweiten Natur«) eine radikale *alterité* freizulegen.

Dies steht in einem eigenartigen Negationsverhältnis zu dem unangenehmsten Zug in seinem Werk; einem gelegentlich bis in den Rassismus ausartenden Mißtrauen gegenüber dem Fremden und sehr konkret dem »Ausländer«. Es mag genügen, an die groteske Diagnose in seinem Roman *Manalive* zu erinnern, welche ausgerechnet dem Judentum den Hang zum Philosophisch-Spekulativen absprechen möchte. In seinen frühen Versuchen ist das Moment des Xenophoben schwächer ausgeprägt. Häufig herrscht eher eine Generosität, wie sie die Glosse »A Cab Ride Across Country« (über die vertrackten Folgen der englischen Sonntagsgesetze, die den Eisenbahnreisenden am Tag des Herrn allen möglichen Strapazen ausliefern) demonstriert: »Ich kann es begreifen, wenn eine Gottheit in Freudigkeit verehrt wird, mit Blumen und Feuerwerk im alten europäischen Stil. Ich kann verstehen, daß man eine Gottheit durch Traurigkeit verehrt. Aber ich kann mir keine Gottheit vorstellen, die man durch Unbequemlichkeiten verehrt. Möge der gute Moslem nach Mekka wallfahrten oder möge er in seinem Zelt bleiben, je nachdem, wie es seinem Empfinden religiöser Symbolik entspricht. Aber Allah wird gewiß nichts besonders Würdiges darin erkennen können, daß sein Diener vom Fahrplan genasführt wird, feststellen muß, daß der alte Mekka-Expreß nicht mehr verkehrt, in Bagdad seinen Anschluß verpaßt und drei Stunden an einer Nebenstrecke hinter Damaskus warten muß.« In dieser Metaphorik, die sich so zutraulich-komisch des Islamischen bedient, spürt man noch ein egalitäres Interesse an allen Wundern; später sollte der Islam für Chesterton zum unbekümmert kostümierten Popanz des Fremden werden.

*

> Ein Zaddik stand im ersten Morgengrauen am Fenster und rief zitternd: »Vor einer kleinen Stunde war noch Nacht, und jetzt ist Tag. Gott bringt den Tag herauf!« Und er war voll der Angst und des Zitterns.
>
> Martin Buber, *Legenden der Chassidim*

Chesterton ist einer der großen Autoren der Angst im zwanzigsten Jahrhundert. Sein Verehrer Borges hat dies in einem berühmten Bild zusammengefaßt, das zwei Texte kontrastiert: Kafkas »Vor dem Gesetz« mit dem unüberwindlichen Türhüter und John Bunyans heroische Allegorie *The Pilgrim's Progress*, wo sich ein Held den Zugang in eine ihm erbittert verwehrte Burg erkämpft. Borges sagt: »Chesterton hat sein ganzes Leben dem Versuch gewidmet, die zweite dieser Geschichten zu schreiben, aber etwas in ihm neigte immer dazu, die erste zu schreiben.« Doch muß man noch einen Schritt weitergehen: Chesterton hat immer versucht, die erste Geschichte *als* die zweite zu erzählen – das Erlebnis von etwas Unheimlichem aufzulösen zu einem Sieg der Vernunft und des Glaubens. Vergleichbar ist es, daß er einmal ein kleines Reiseerlebnis aus Belgien berichtet, wo er und ein Freund lustlos und gelangweilt im Regen umherirren und schließlich feststellen müssen, daß sie in einer ganz anderen Stadt angelangt sind, als sie dachten. Chesterton lebt auf; er stilisiert den Vorfall entschlossen zum Abenteuer und zum Modell der Existenz überhaupt. »›… Das ist es, was das Leben so großartig und gleichzeitig so merkwürdig macht. Wir sind auf der falschen Welt. Als ich dachte, dies wäre die richtige Stadt, da hat sie mich gelangweilt; als ich wußte, es war die falsche, da war ich glücklich. Der falsche Optimismus, das moderne Glück – sie ermüden uns, weil sie uns sagen, daß wir auf diese Welt gehören. Die wahre Glückseligkeit ist es, daß wir nicht hierhergehören. Wir haben uns verirrt.‹ Er nickte stumm und starrte aus dem Fenster, aber ob ich ihn beeindruckt oder nur ermüdet hatte, das konnte ich nicht erkennen.« (»The Ballade of a Strange Town«) In dem erwähnten Roman *Manalive* (1912) wird ein Mann seines eigenen Hauses und häuslichen Lebens überdrüssig und erkennt, daß er sich ihm von einer radikal anderen Seite nähern muß, um es wieder liebzugewinnen. So geht er (buchstäblich) um den Erdball herum und betritt sein wunderbar neu vor ihm stehendes Haus durch die Hintertür. Dieses Bild enthält vieles – die Wiederverzauberung der Welt, die Anstrengung, derer diese bedarf, die Einfachheit und Eleganz der notwendigen Methode (des Sich Abwendens von der Fassade unseres Hauses).

Die Lieblingsmetapher Chestertons, der man in seinen Texten immer wieder begegnet, ist das *topsy-turvy*, das Auf-dem-Kopf-Stehende, die Kippfigur, das Vertauschen von Oben und Unten. Wollte Marx die Hegelsche Philosophie »vom Kopf auf die Füße« stellen, ist es Chestertons Ehrgeiz, unablässig alles und alle auf den Kopf zu stellen – denn nur, wenn man auf dem Kopf steht, sieht man die Welt richtig, weil sie so einen neuen und ungeheuerlichen Anblick bietet. Chesterton insistiert auf der Monstrosität der Welt – die wir nur deshalb nicht mehr wahrnehmen, weil wir in Gewohnheiten versunken sind (so wie die Alten meinten, daß wir die Sphärenmusik nicht mehr hören, weil sie uns vom Augenblick der Geburt in den Ohren klingt), und er erklärt uns, daß diese Monstrosität etwas Großartiges ist. Immer wieder macht er uns darauf aufmerksam, wie märchenhaft suggestiv alles um uns her ist, wüßten wir es nur von neuem zu *sehen*, und er läßt in einem kleinen Gedicht das ungeborene Kind überlegen, wie großartig das Leben wäre, »if deep green hair grew on large hills«. Die Lust am Abenteuer ist untrennbar mit allem Wissensdurst verbunden. Zu den schönsten Bemerkungen in seiner kleinen Studie über Walter Scott und die *romance* gehört es, daß das Abenteuerliche nicht im Ereignis liegt, sondern in einer Haltung: dem gelassenen Warten, das immerfort bereit ist für ein *mögliches* Abenteuer.

*

> Das romantische Abenteuer *(romance)* hat nicht einen Höhepunkt, sondern viele. Die Lust des Textes kommt und kommt und kommt noch einmal. Kaum ist ein Geheimnis aufgelöst, erscheint ein anderes; kaum ist ein Abenteuer zu Ende, so beginnt schon das nächste. Die vom Erzählen aufgeworfenen Fragen öffnen und schließen sich, öffnen und schließen sich wie die Vaginalmuskulatur beim Geschlechtsverkehr, und dieser Prozeß ist prinzipiell endlos. Die größten und typischsten *romances* sind oft unvollendet … *romance* ist multipler Orgasmus.
>
> David Lodge, *Small World*

Man kann *romance* als Begriff romantheoretisch der *novel* gegenüberstellen, das »romantische Abenteuer« dem der Wirklichkeit zugewandten Roman – das demonstriert David Lodge mit großer Virtuosität in seinem Roman über die Schicksale der Literaturwissenschaft. Das Erkenntnisinteresse in Chestertons kleiner journalistisch-essayistischer Prosa läßt sich vielleicht nur über sein der *romance* verschworenes Erzählen ganz begreifen, das ja auch immer wieder

(»Die zornige Straße«) in das essayistische Format einsickert. Seine Erzählungen sind für diesen gewandten Paradoxisten Fortsetzungen intellektueller Debatten. In seinem Buch über den viktorianischen Maler G. F. Watts (1904) hat er ein Argument für die aus der Mode gekommene – von Watts noch bevorzugte – Form der Allegorie entworfen, ein Argument, das sich auf seine eigenen Narrationen beziehen ließe, die dort fortfahren, wo die diskursive Darlegung endet. Der Mensch »weiß, daß es in der Seele Nuancen gibt, die verwirrender, zahlreicher und namenloser sind als die Farben eines Herbstwaldes... Und doch glaubt er, dies ließe sich alles, in all seinen Tönen und Halbtönen, durch ein willkürliches System von Knurr- und Quietschlauten ausdrücken.« Hier soll Sprachskepsis die Berechtigung der allegorischen Darstellungsweise (die anscheinend jene »unsagbaren« Schattierungen formulieren kann) beweisen; doch die Sprache von Chestertons Erzählungen bringt manchmal zum Ausdruck, was der Sprache seiner Essays noch versagt bleibt. Was dies ist, läßt sich vielleicht am deutlichsten – nicht am klarsten, aber am eindringlichsten – an seinem frühen Meisterwerk ablesen, dem unvergleichlichen Roman *The Man Who Was Thursday*. Der Untertitel dieses 1908 erschienenen Buches lautet »A Nightmare«: ein Alptraum, oder, wie ein dem Expressionismus nahestehender Übersetzer ihn zwei Jahre später wiedergab: »Eine Nachtmahr«. Er ist in der Tat ein einziger erstaunlicher Traum von Aufruhr und Macht, Einsamkeit und Solidarität – in dessen Zentrum am Ende ein Unauflösbares steht: Man erwacht, wenn man es erkennen will.

Chestertons *Der Mann, der Donnerstag war* ist ein mystisches Capriccio über die große utopische Dialektik von Freiheit und Ordnung. Es spielt in einem London um 1900 – durch den Roman glänzen die Sehnsuchtstopoi der Lyrik jener Zeit: die Straßenlaterne, die Leierkastenmelodie, der Tagesanbruch über der Themse »wie das Aufbrechen großer Barren Blei, in denen sich Barren von Silber zeigen«, die Kuppel von St. Paul's, die fransig-fiedrig zerrissenen roten Abendwolken und das rote Haar eines Mädchens und die Lampions, wie sie zu Beginn des großen Abenteuers in einem Vorstadtgarten »in den kleinen Bäumchen glühen wie wilde und ungeheuerliche Früchte«. Und doch ist er auch eine seltsame politisch-philosophische Meditation, mit einem unnachahmlichen Ineinander von Raisonnement und melodramatischer Bewegung.

Die Geschichte ist die eines jungen Mannes, der, irritiert vom fashionablen nihilistischen Geschwätz seiner Zeit, den Kampf gegen den Terrorismus aufnehmen will. (»Er hatte immer das Gefühl, daß die Regierung allein und verzweifelt mit dem Rücken zur Wand stand. Er war zu romantisch, als daß sie ihm sonst irgend etwas bedeutet hätte.«) In einem dunklen Zimmer wird er von einem Mann, der ihm den Rücken zuwendet, in die Reihen der antianarchistischen Polizei aufgenommen. So gerät er in einen unerhörten Strudel von Ereignissen, die seine Weltsicht immer wieder auf den Kopf stellen; in der Tat ist auch hier die Kippfigur das Prinzip des Erzählens, und mehr als einmal ist es dem Helden, »als wüchsen alle Bäume nach unten und alle Sterne lägen unter seinen Füßen«. Es gelingt ihm, sich zum Donnerstag aufzuschwingen, einem der Anführer der Anarchie, die allesamt die Namen der Wochentage tragen und er kommt vor den Präsidenten des anarchistischen Rates. In diesem monströs großen, dicken und unberechenbaren Mann, Sonntag, inkarniert sich das unlösbare Rätsel des Abenteuers und des Romans.

Der hat viel von genialer Kolportage. Das eigenartige Lächeln des Montags, des Sekretärs, der nur auf einer Seite des Gesichts den Mund verzieht, erscheint später großartig als *coup de théâtre*. Ganz in der Ferne scheint es, als ob man eine Menge von Verfolgern drohend herandringen sähe; die Helden mustern den Auflauf unruhig durchs Fernglas. Die Anführer tragen schwarze Halbmasken. Und »schließlich lächelten sie während ihres Gespräches alle, und einer von ihnen lächelte nur auf einer Seite.« An solchen Momenten, in denen es den Leser leise überläuft (denn sie befriedigen seine unersättliche Sehnsucht nach Erregung und Überraschung, sind aber verwoben in eine komplexe und spekulative Erzählung), ist das Buch überreich: Maske und Duell, Attentat und Flucht, Hetzjagd und Verschwörung. Es ist kennzeichnend für Chestertons Werk, daß die stärksten Wirkungen im Ineinander von *romance* und Reflexion liegen.

Es gibt einen Augenblick, der besonders eindringlich wirkt, da hier das phantastische Geschehen sich noch einmal zu beschleunigen und zu verwirren beginnt; er tritt ein, nachdem die sechs Wochentage einander hinter der Maske der Anarchie als Polizisten erkannt haben: Alle sind sie von dem Mann im dunklen Zimmer angeworben worden. Nun wollen sie Sonntag, dem Anführer der Terroristen, entgegentreten. Der Ort ist wie schon einmal der nach dem Poeschen Prinzip der auffälligen Unsichtbarkeit gewählte Restaurantbalkon über dem Leicester Square, gerade groß genug für ein opulentes Champagnerfrühstück zu sieben Gedecken. Der Präsident (»und langsam erhob er sich zu einer unglaublichen Größe, wie eine riesenhafte Welle, die sich über ihnen auftürmte und herabstürzen wollte«) erklärt auf die Frage, wer er eigentlich sei und weshalb er den gesamten Rat mit Geheimpolizisten besetzt habe, brüllend, daß niemand das jemals herausfinden werde. Er springt über das Balkongeländer, doch dann, ehe er »wie ein Gummiball« unten aufkommt und davonstürmt, zieht er sich noch einmal hoch, stemmt sein riesiges rundes Gesicht einen Augenblick lang über das Gitter und spricht: »Aber eines will ich euch sagen: Ich bin der Mann im dunklen Zimmer, der aus euch allen Polizisten gemacht hat.«

In einem solchen Moment scheint sich die Sehnsucht des Autors (eines unbeholfen dicken Mannes) nach Federleichtigkeit und traumwandlerischer Behendigkeit zu kristallisieren, nach einer Schrankenlosigkeit körperlicher Möglichkeiten. Das ist das eine. Das andere ist das Paradoxon, das Sonntag verkündet: Die Anarchie ist die Polizei, die Polizei ist die Anarchie. Warum? Es geht nicht ganz auf, aber es ist ein furchtbares Geheimnis, und es hängt zusammen mit einem zweiten großen Satz des Buches. Der wird gesprochen von der unscheinbarsten Figur, von Dienstag. Er sagt beim letzten zeremoniellen Zusammentreffen, bei dem seltsamen großen Fest irgendwo in einer pastoralen Einsamkeit, wo die ganze Welt miteinander zu tanzen beginnt und wo Sonntag die Fragen der Wochentage (die Fragen nach dem Sinn der Welt) anhört: »Ich möchte wissen, warum mir so wehgetan worden ist.«

Joachim Kalka

»A Defence of Detective Stories« (*The Defendant*, 1901)

»The Position of Sir Walter Scott« (*Twelve Types*, 1902). »Wenn Sir Arthur Wardour ...«: in Scotts Roman *The Antiquary* (1816); »... wo die Familie von Colonel Mannering ...«: in *Guy Mannering, or The Astrologer* (1815); Stanley Weyman (1855–1928), vergessener Verfasser populärer Abenteuerromane in der Nachfolge Dumas' – etwa *A Gentleman of France* (1893 – von Stevenson in einem Brief an Colvin sehr gelobt: »an exquisite pleasure«), *Under the Red Robe* (1894), *The Abbess of Vlaye* (1904); Marmion: Hauptfigur des gleichnamigen Versepos von Scott (1808); »jene Rede, welche Meg Merrilies ...«: wiederum in *The Antiquary.*

Der Text über Dickens' *Pickwick Papers* ist das dritte Kapitel des Werkes *Appreciations and Criticisms of the Work of Charles Dickens* (1911). »Was denn die Wellen sagen ...«: Anspielung auf Krankheit und Tod des kleinen Paul Dombey, eines der sentimentalen Kabinettstückchen von Dickens: das Kind hört, schwächer werdend, immer das Geräusch der Wellen und sieht das Schiff seiner letzten Fahrt. Das 16. Kapitel – das Sterbekapitel – hat die Überschrift »What the waves were always saying« *(Dombey and Son).*

»Im Land von Mr. Skelt« (»In the Country of Skelt«) ist das vollständige zweite Kapitel der Monographie *Robert Louis Stevenson* (1902). Die gelegentlichen Verweise Chestertons auf den weiteren, hier nicht aufgenommenen Text des Buches sind stehengeblieben. »Wie jener unvergeßliche Holzkeil ...«: in *Treasure Island* (1883); »Alan Breck Stewart ... Glenure ...«: in *Kidnapped* (1886); William Archer (1856–1924): einflußreicher »moderner« Kritiker, der unter anderem Ibsen in England durchsetzte (die Übersetzung von dessen erstem in London aufgeführtem Stück – *Pillars of Society*, 1880 –

stammt von Archer); »Ein Mann mit einem Schnupfen …«: ein Briefzitat. Stevenson hatte im September 1886 an seinen Freund Frederick Locker-Lampson geschrieben und ihn gebeten, dem Sohn einer Stevenson bekannten Familie in schwierigen finanziellen Umständen doch vielleicht einen Platz an der berühmten Schule Christ's Hospital zu verschaffen – er kenne doch sicher jemanden im Kuratorium. Als der Freund ihm antwortet, das sei nicht der Fall (und mit einer Stevenson höchst peinlichen Hilfsbereitschaft einen Scheck beifügt, den Stevenson durchstreicht und zurückschickt), schreibt der Dichter: »Ich hatte bei meiner widerwärtig törichten Anspielung auf Ihre komfortablen Lebensumstände nur die vage Vorstellung, daß ein wohlhabender Mann gewiß ein Mitglied des Kuratoriums von Christ's Hospital kennen müßte, doch wie ich zu diesem Schluß kam, ist mir nicht klar. Ein Mann mit einem Schnupfen … usw.« Der Wortlaut des Briefes wird von Chesterton – wie dies bei ihm häufig vorkommt – ein wenig verändert zitiert, gewiß aus dem Gedächtnis.

»The Ethics of Elfland« (das vierte Kapitel aus *Orthodoxy*, 1908). »Exaltavit humiles«: er hat die Niedrigen erhört.«

»The Fallacy of Success« (*All Things Considered*, 1908)

»The Twelve Men« (*Tremendous Trifles*, 1909). Fabian Society: 1884 gegründete Vereinigung von Reformsozialisten (Sidney und Beatrice Webb, Shaw usw.), die eine langsame – Symbol der Fabier, die sich nach dem römischen Feldherrn Fabius Maximus mit dem Beinamen Cunctator (der Zauderer) nennen, ist die Schildkröte – und gründliche rationale Veränderung der Gesellschaft anstreben.

»The Travellers in State« (*Tremendous Trifles*, 1909)

»A Criminal Head« (*Alarms and Discursions*, 1910)

 »A Defence of China Shepherdesses« (*The Defendant*, 1901). »Darum ist noch eine Ruhe vorhanden dem Volke Gottes«: Hebräer 4, 9.

»The Gardener and the Guinea« (*A Miscellany of Men*, 1912)

»The Advantages of Having One Leg« (*Tremendous Trifles*, 1909)

»A Defence of Ugly Things« (*The Defendant*, 1901)

»Christmas and the Aesthetes« (*Heretics*, 1905). Professor Huxley: Thomas Henry Huxley (1825–1895), bedeutender Biologe, Präsident der Royal Society (seit 1883) und neben Darwin der wichtigste Verfechter der Evolutionstheorie, die er mit glänzender Polemik (»Darwin's bulldog«) öffentlich vertrat.

»The Angry Street: A Bad Dream« (*Tremendous Trifles*, 1909)

»On Household Gods and Goblins« (*The Colored Lands*, 1938). Aus dem Nachlaß. Maurice Maeterlincks *L'Oiseau bleu* wurde 1908 uraufgeführt und seit Dezember 1909 im Haymarket Theatre in London gegeben. Die Katze sagt in diesem Stück zu der Nacht (III, 4): »Ich weiß, Mutter Nacht, ich weiß … Die Zeiten sind hart, und wir stehen beinahe allein im Kampf gegen den Menschen.« – »Ich hörte eine Stimme vom Himmel zu mir sagen –«: Offenbarung 14, 13.

»The Wildness of Domesticity« (achtes Kapitel des ersten Teils von *What's Wrong with the World*, 1910). Auch hier blieben Chestertons Verweise auf den weiteren Kontext des Buches stehen – das, eklektisch und sprunghaft, doch so etwas wie eine Theorie der Gesellschaft zu skizzieren unternimmt. – »Wie der Millionär im Roman«: in Arnold Bennetts *The Grand Babylon Hotel* (1902).

»A Piece of Chalk« (*Tremendous Trifles*, 1909)

Die drei Texte aus *The Defendant* sind aus meiner Übersetzung *Das Gold in der Gosse*. Plädoyers (Klett-Cotta, Stuttgart 1986, Cotta's Bibliothek der Moderne, 53) entnommen; die Übersetzung des Kapitels aus *Orthodoxy* erschien zuerst in Norbert Wehrs *Schreibheft* (50/1997) als Teil eines von Michael Maar herausgegebenen Dossiers über Borges und Chesterton. Alle wurden für diesen Band durchgesehen. Der letzte Abschnitt der Nachbemerkung (über *The Man Who Was Thursday*) geht auf den Artikel »Herrlichster Alptraum« zurück, der am 8.12.2001 in der *Frankfurter Rundschau* erschien.

GILBERT K. CHESTERTON (29.5.1874–14.6.1936) wurde in London geboren, wo er zur Schule ging, ein Studium der Kunst und Literatur begann und dann früh als Journalist und Rezensent arbeitete. Bis zu seinem Tod schrieb er eine erstaunliche Fülle an Artikeln, Glossen und Büchern. Seine essayistische Prosa, in einer Reihe von Bänden gesammelt, die mit dem glänzenden *Defendant* (1901) beginnt, seine Erzählungen und Romane (darunter die Father-Brown-Geschichten, 1914 ff.), die eigenartige *Utopie The Napoleon of Notting Hill*, 1904, und der zu den großen Romanen des zwanzigsten Jahrhunderts zählende *The Man Who Was Thursday*, 1908), seine philosophischen Polemiken zeigen ihn immer noch und immer wieder als einen der überraschendsten Autoren des Jahrhundertbeginns.

Ausstattung und Gestaltung
Groothuis, Lohfert, Consorten | glcons.de
Gesetzt aus der Janson Text und Bell MT

Fotos Frontispiz: ullstein bild, Umschlag: picture-alliance, akg-images
Reproduktion frische grafik, Hamburg
Druck und Bindung Ebner & Spiegel, Ulm

Printed in Germany
ISBN 10 3-937834-13-3
ISBN 13 978-3-937834-13-9